NEW ROMANCE®

Biker GIRLS

TOME 1
BIKER BABE

Traduit de l'anglais (américain)
par Thierry Laurent

AUDREY
CARLAN

Hugo Roman

Biker GIRLS

TOME 1

BIKER BABE

Ce livre est une fiction. Toute référence à des événements historiques, des personnages ou des lieux réels serait utilisée de façon fictive. Les autres noms, personnages, lieux et événements sont issus de l'imagination de l'auteur, et toute ressemblance avec des personnages vivants ou ayant existé serait totalement fortuite.

Ouvrage dirigé par Bénita Rolland
Traduit par Thierry Laurent
Photo de couverture : Oneinchpunch/Shutterstock

Pour la présente édition

34-36, rue La Pérouse
75116 - Paris
www.hugoetcie.fr

ISBN : 9782755647525
Dépôt légal : janvier 2020
Imprimé par Corlet
N° d'imprimeur : 19110029

CHAPITRE 1

Shay

– C'est tout ce dont j'ai toujours rêvé et plus encore, je hoquette, les larmes aux yeux.

Je les ferme fort pour tenter d'écarter le déluge d'émotions qui s'abat sur moi.

Je regarde avec amour l'enseigne de mon magasin. Les ampoules rondes à l'ancienne qui entourent la vitrine clignotent joliment, comme celles que l'on trouve dans les vieux films hollywoodiens ou dans les hôtels situés le long du strip de Vegas. Ce n'est pas quelque chose qu'on voit régulièrement à Grants Pass, Oregon, ma ville natale.

Les lumières scintillent et clignotent, puis s'allument en ligne autour des mots qui représentent le monde pour moi.

– *Biker Babe*, je murmure, un sourire gigantesque revenu sur mon visage.

Un grondement d'applaudissements, d'acclamations et le vrombissement des moteurs des motos qui s'emballent font exploser l'air autour de moi. Une paire de bras costauds m'entoure par-derrière et mon dos se retrouve collé à un torse musclé. Je reconnais l'odeur d'huile de moteur et de cuir, la barbe fournie qui me chatouille le cou et cette voix familière.

– Je suis fier de toi, Princesse. Tu t'es bien débrouillée, ma fille. Ma petite fille est maintenant propriétaire de sa propre boutique.

La voix de mon père est remplie de fierté. Je réalise à ce moment-là que je n'oublierai jamais ces mots ni ce sentiment de joie absolue.

Je souris et m'accroche aux bras de mon père. Ses frères, leurs femmes et même les filles du club font une apparition, elles se tiennent à l'écart, loin des épouses et des petites amies. Tous sont là pour l'inauguration de mon nouveau magasin, *Biker Babe*.

Ma mère pousse mon père.

– Riot, laisse-moi féliciter ma fille !

– Ma fille, ma princesse, mon bébé, grogne papa en m'embrassant sur le front.

Mags pour les gens du club, Magdalene sur son certificat de naissance et maman pour moi a la main posée sur sa hanche moulée dans un pantalon de cuir. Sa veste en cuir noir assortie est parfaitement ajustée à sa petite taille, dévoilant sa superbe silhouette, dont j'ai hérité en même temps que de son sacré caractère.

Elle plisse les yeux en envoyant des regards assassins à mon père, qui la regarde en souriant. Papa adore quand ma mère est dans cet état. Habituellement, dans ce genre de situation, mon père prend ma mère sur son épaule et l'emmène dans sa chambre où ils ont « une conversation », le nom de code pour une bonne partie de jambes en l'air.

– Ta fille, ta princesse, ton bébé… répète-t-elle d'un ton sarcastique.

Papa me serre encore contre lui et m'embrasse sur la joue cette fois.

– C'est ça, femme !

– Tu oublies que c'est aussi ma fille et que j'ai contribué à faire d'elle ce qu'elle est. (Elle agite la main de haut en bas.) Regarde-la. C'est mon portrait craché.

Et elle a raison. Dieu merci, ma mère est un véritable canon, même à cinquante ans. Mes longs cheveux bouclés, mes yeux bleus comme le ciel un bon jour, d'un gris-bleu glacial normalement, sont identiques aux siens.

– Ni sa taille ni son cran, Mag Pie. Tout ça vient de moi. N'est-ce pas, Princesse ?

Il me prend par le cou et me dépose toute une série de baisers sur la tête jusqu'à ce que je m'écarte de lui en riant.

Je me tourne vers ma mère.

Elle me prend dans ses bras. Maman ne mesure qu'un mètre soixante. Je mesure un mètre soixante-dix-huit, du coup je me baisse pour mettre ma tête dans son cou. Ma mère me serre fort.

– Tu l'as fait, Shay-la-la-la. Je savais que tu en étais capable, et tu l'as fait.

J'avale la boule dans ma gorge et je m'accroche à maman encore plus fort, respirant son parfum de rose et de cuir.

– Merci, maman.

Papa nous prend toutes les deux dans ses bras.

– Je n'aurais pas pu le faire sans votre aide, surtout financière, je murmure.

Je me dégage de leur étreinte et regarde tous les frères alignés, les bras croisés sur leur torse gonflé. Ils sont tous grands, fort effrayants, mais c'est la plus belle famille que l'on puisse espérer avoir. Tous ces hommes, leurs femmes, et même les filles du club, ont appuyé ma décision d'ouvrir ma propre entreprise.

– Je veux tous vous remercier pour tout ce que vous avez fait. L'aide que vous m'avez apportée pour faire de ce vieux bâtiment ce qu'il est aujourd'hui…

Je secoue la tête quand les larmes recommencent à couler. On apprend aux bébés motards à être durs, alors j'ai fait ce que j'ai pu pour retenir mes larmes.

– C'était mon rêve, et je sais que vous avez beaucoup donné pour que je puisse le réaliser.

– C'est à ça que servent les familles ! crie Tank.

Il s'occupe de la sécurité du club et de la répartition des tâches des membres du club.

– Putain ouais, renchérit Champ.

Lui, c'est l'homme de main de mon père. Il frappe d'abord et prend les noms ensuite. La journée, il dirige le club de gym et la ligue de boxe, une des nombreuses entreprises que le Hero's Pride Motorcycle Club possède à Grants Pass et dans les villes environnantes.

Une main chaude serre mon épaule par-derrière. Je sursaute et je me retourne pour découvrir Shadow, un grand sourire sur les lèvres.

– Mon Dieu ! Je t'ai déjà dit d'arrêter de me prendre par surprise ! Fais du bruit de temps en temps, espèce de monstre !

Shadow rit et me serre lui aussi dans ses bras.

– Je suis heureux pour toi, Princesse.

Shadow est l'un des plus jeunes membres du club, mais malgré sa jeunesse, il est bien plus sage que la plupart des autres membres. Il faut dire qu'il était agent secret à la CIA. Il tient son nom de biker du fait qu'il se déplace comme un Ninja. Il peut aussi être dans une pièce bondée sans qu'on le remarque. Il a tendance à disparaître du club, parfois pendant des mois, mais il revient toujours.

– Comme je disais… (J'élève la voix.) Vous êtes la meilleure famille dont une fille puisse rêver. Je vous aime. Vous êtes les bienvenus dans mon magasin quand vous voulez. En fait, j'exige que vous veniez !

Tout le monde m'acclame à nouveau et me serre la main et celle de mon père qui se tient à mes côtés, le torse gonflé, rayonnant de fierté et d'amour.

Mon Dieu, j'ai la meilleure famille du monde.

En parlant de famille, j'aperçois une petite tête blonde et un visage souriant sur les épaules de mon frère jumeau, Shane. Personne d'autre que maman et moi ne l'appelle Shane. Il est connu sous le nom de Whip.

Je souris à ma magnifique nièce.

– Qui est cette beauté ? On dirait que tu as grandi. Tu fais quoi, deux mètres de haut maintenant ?

– Mais non. Papa est là ! dit-elle en tapant sur la tête de son père.

– Très bien, Tournesol, descends maintenant.

Mon frère baisse la tête et fait descendre sa fille de ses épaules. Elle s'empresse de me serrer dans ses bras en m'étreignant les jambes, puis court vers mon père qui la prend dans ses bras et lui fait un énorme câlin. C'est une vraie fille à papa et à grand-père. Ce que je comprends, parce que j'en suis une aussi.

– Sœurette, désolé, je suis en retard.

Mon frère passe un bras autour de mon cou et me plaque contre sa poitrine. Je m'accroche à lui et je serre jusqu'à ce je me sente totalement apaisée par la présence de mon jumeau. On a toujours été inséparables. Je suppose que le fait de partager un utérus favorise une telle connexion. Ça n'a jamais été facile pour nous d'être séparés pendant de longues périodes. Même aujourd'hui, il loue l'appartement à côté du mien. Nous partageons littéralement un mur, et c'est comme ça que nous aimons vivre. Parfois, cependant, le défilé de femmes qui passent chez lui et les sons qui traversent ce mur sont difficiles à supporter. Ce sont des nuits avec bouchons d'oreilles.

La séparation la plus difficile que nous avons vécue a eu lieu quand il a servi dans l'armée. J'ai essayé d'oublier cette époque parce que j'étais complètement à côté de mes pompes, complètement apathique sans mon frère près de moi.

Quand vous faite partie de l'organisation The Pride, vous devez servir la communauté ou le pays d'une façon ou d'une autre. Qu'il s'agisse de militaires, de fonctionnaires, de pompiers, de médecins ou de toute la chaîne gouvernementale. C'est la seule règle d'entrée au club. Servir le pays. D'où le nom, Hero's Pride.

– Shayna m'a fait tourner en bourrique, elle ne savait pas comment s'habiller. Tu sais comment elle est parfois.

Mon frère soupire et se frotte la nuque.

Il a les yeux cernés. Être père célibataire d'un enfant de quatre ans, être membre du club et travailler au bar du club, c'est beaucoup pour un homme de vingt-cinq ans.

Je lui donne un petit coup sur le bras.

– C'est cool. Je suis contente que tu sois là. Regarde comme c'est beau, je lui dis en lui montrant le magasin.

Il passe à nouveau son bras autour de mes épaules et regarde la boutique avec ses murs de béton peints en noir et ses grandes vitrines. Dans l'une d'elles, il y a une Harley-Davidson. Elle appartenait à notre grand-père, et papa a pensé que c'était une belle façon d'honorer sa mémoire. Tout le monde était d'accord. À côté de la moto se trouve un mannequin portant une paire de jeans moulants, des bottes à talons en daim, une ceinture en cuir cloutée et un débardeur Harley avec des paillettes autour du col. Je lui ai mis une perruque noire, comme celle qu'Uma Thurman portait dans *Pulp Fiction*, de grandes créoles, de nombreux colliers ainsi que des bracelets en argent autour des poignets. Il y a aussi un gilet en cuir, des jeans, des bijoux et toutes sortes d'articles indispensables pour les motards. Dans l'autre vitrine, il y a un mannequin homme et un mannequin femme entièrement habillés de cuir et de clous. Avec toutes sortes d'accessoires. Bref, tout ce qu'il y a de plus beau pour les bikers, hommes ou femmes.

Lorsque j'ai conçu mon magasin, je me suis assuré que soixante-dix pour cent de la marchandise soient destinés aux femmes ; cependant, les femmes adorent faire du shopping pour leurs hommes. Je sais de source sûre que les femmes du club le font. J'ai donc commandé la marchandise de base : les produits dérivés Harley, les briquets Zippo, les bagues pour hommes, les poings américains en laiton et les bijoux en argent, qui sont faits à la main par une artiste locale qui déchire. Fondamentalement, tout ce qu'un homme aimerait et que sa femme voudrait lui acheter. J'ai même une petite section coquine de lingerie sexy, de fouets et de divers sex-toys cachée derrière un rideau de perles. J'ai également transformé un dressing en une autre section réservée aux adultes où j'expose des pipes, des papiers à rouler et d'autres accessoires que les frères apprécieront certainement.

La raison pour laquelle je sais que j'aurai des frères qui viendront de toute la région, c'est mon tailleur de cuir sur-mesure. C'est un artiste absolu. Cricket est le grand-père du club et un maître dans l'art de la tannerie.

Un vétéran dans tous les sens du terme, de son temps au 'Nam jusqu'à son passage dans le club. Il a fondé le club avec mon père, mais il ne voulait pas assumer un rôle de leadership, mon père a donc pris la présidence. Cricket voulait juste à nouveau faire partie d'une équipe.

À la boutique, il taille le cuir pour les filles, il coud les blasons sur les vestes pour les frères et crée des pièces sur-mesure à un prix élevé, dont je touche cinquante pour cent. Il va et vient à sa guise, mais il mène la vie d'un motard. Je ne pourrais jamais dire à un frère à quelle heure il est censé travailler. C'est juste quelque chose qu'on ne fait pas. Il faut dire que j'aime dormir le matin et que je suis plutôt un oiseau de nuit. Mon magasin est ouvert de onze heures à dix-neuf heures pour le moment. Cricket arrive généralement après le déjeuner et repart pour dîner au club-house. Quand le magasin tournera et dégagera des profits, je pourrai embaucher quelqu'un et ouvrir plus tôt. Pour l'instant, je suis contente que ce soit fini. Et c'est absolument magnifique.

– Princesse, tu vas ouvrir les portes, ou quoi ? Ma femme bave devant un débardeur qu'elle voit dans la vitrine et qui mettra ses seins en valeur. Et tu sais que j'aime quand elle montre sa poitrine, hurle Hammer, l'un des frères.

Je soupire.

– Tu es un porc.

Il renifle :

– Oink, oink !

Ma mère se rapproche et prend ma main.

– Prête à ouvrir ton magasin ?

Je regarde ma boutique, ma mère, mon père, mon frère, ma nièce et les gars de The Pride derrière moi.

– Absolument.

Elle serre ma main et me passe une clé avec un

porte-clés en métal doré portant l'insigne du club. Une tête de lion rugissant et les mots *Hero's Pride* sur le dessus et *Oregon* sous la crinière sauvage de l'animal. Ce que personne ne sait, mais que beaucoup de gens soupçonnent probablement, c'est que mes parents m'ont donné le capital pour ouvrir mon entreprise. Je leur dois soixante-quinze mille dollars.

Je me lèche les lèvres et plonge mon regard dans celui bleu glacial de ma mère, le même que le mien.

– Je vous rembourserai, avec les intérêts.

Papa serre ma mère dans ses bras, baisse la tête et chuchote.

– Tu ne feras rien de tel. L'argent que nous t'avons donné est à toi. Nous l'avons mis sur un compte pour vous depuis des années au cas où tu aurais voulu aller à l'université, acheter une maison ou autre chose. C'est notre cadeau pour commencer ta vie. Ton frère a reçu la même somme. Il cherche une maison dans son budget pour lui et Shayna.

Je ne peux pas m'empêcher de pleurer.

– Je vous aime tellement, maman et papa. Je jure que je vais travailler dur.

Mes parents me regardent en souriant.

– Nous croyons en toi. Dépêche-toi, je veux pouvoir choisir parmi tous ces crânes que l'artiste a créés avant que Champ y jette un coup d'œil et choisisse les plus beaux.

Papa lève son menton barbu vers les portes peintes en rouge.

Je souris.

– Tu as la priorité sur tout, papa.

Il pousse ma mère quand elle lève les yeux au ciel.

– Tu vois… mon bébé, ma fille, ma princesse motarde.

CHAPITRE 2

Rex

Le club-house est à la périphérie de Grants Pass, il est immense. Entouré d'arbres et d'une route pavée menant à une longue route sinueuse. Le bâtiment est situé sur un terrain de 120 hectares de forêt. Auparavant, c'était un gîte que louaient les touristes et les chasseurs. Le président du club, Riot, un vieux pote de l'armée de mon père, a acheté l'endroit pour un bon prix. Il paraît que les propriétaires d'origine, un couple âgé sans enfants, avaient du mal à l'entretenir et que l'auberge avait besoin de sérieuses réparations. Le mari est mort et la femme a essayé de continuer, mais avec sa santé défaillante, elle a dû vendre. Elle est morte un an après son mari et Riot a pu acheter l'endroit à la banque pour une bouchée de pain.

Depuis, les frères et lui l'ont rénové, nettoyé, installé une nouvelle toiture, refait tout l'intérieur et y ont ajouté un entrepôt et une salle de jeux. Les frères utilisent l'entrepôt pour ranger leurs motos et les entretenir.

J'ai roulé jusqu'ici et j'ai été accueilli par Riot, Tank, Champ et Hammer. Les quatre hommes, grands et responsables, se tiennent côte à côte, les bras croisés sur leur poitrine massive, les pieds écartés bien plantés dans le sol.

Quand je suis arrivé assez près d'eux pour m'arrêter et éteindre ma Harley, je remarque le petit sourire de Riot.

– Ça t'a pris du temps, T-Rex. J'ai cru que tu n'arriverais jamais depuis la Californie.

Sa voix est grave et imposante. Un peu comme un grondement de tonnerre.

– Tu sais comment ça se passe. J'ai pris mon temps, mon vieux. J'avais beaucoup de choses dans la tête et rien d'autre que la route devant moi et la liberté dans mon dos.

– On dirait le paradis, T-Rex, dit Tank.

– Juste Rex, les gars.

Mon père et ses frères m'ont donné le surnom de T-Rex. Dans la plupart des endroits, je passe pour le plus grand enculé qui soit. Le T était un diminutif de mon vrai nom, Taggart, et comme je suis aussi grand et méchant qu'un T-Rex, le nom est resté. Sauf qu'ici, c'est Tank qui a gagné le prix du plus grand mec. Il est énorme.

Riot hoche la tête et va droit au but en levant le menton et en demandant :

– Tu penses avoir fait le bon choix ?

Je frotte ma barbe trop fournie. Mes cheveux longs ont été tressés par une des filles du club, là-bas à la maison. Elle a appelé ça mon look de guerrier. C'était juste pratique de ne pas avoir les cheveux dans les yeux quand je roulais.

– Je ne sais pas si c'est le bon choix, mais vu ce bâtiment, l'odeur de pin que je respire, votre accueil chaleureux, je pense que déménager ici me convient très bien.

Riot sourit derrière sa barbe poivre et sel, et me fait un « check » de bienvenue quand je descends de ma moto.

– Bienvenue à la maison, mon frère. Nous avons encore un vote à faire à l'Église[1] tout à l'heure, mais les gars te connaissent, ton père et toi. Je ne pense pas qu'il y ait de problème, dit Riot en me serrant dans ses bras et en me donnant de grosses tapes viriles dans le dos.

Je me détends et lui serre l'épaule.

– Merci de m'avoir invité, mon frère.

– Le fils de mon frère d'armes, et frère de mon club, est toujours le bienvenu chez moi.

Il confirme ce que je savais déjà. Riot est un mec bien. Un vrai biker et un vrai leader.

Je me racle la gorge, regrettant de ne pas avoir eu le même respect de la part de mon père à la maison.

– Ça signifie beaucoup pour moi.

– Le fait que tu acceptes le rôle de vice-président et de commandant en second signifie encore plus, Rex. Maintenant, viens rencontrer les nouveaux et te détendre. Tu connais déjà tous les frères, mais ils sont impatients d'entendre comment ça se passe dans la branche californienne de The Pride.

Je rigole et serre la main de Tank, Champ et Hammer, les hommes qui occupent les premières places dans le club et qui m'accueillent à bras ouverts.

– Vous imaginez bien qu'avec du soleil et des corps bronzés, ça ne peut que bien se passer, je réponds, essayant de mettre de l'humour dans ma phrase alors que la situation à la maison n'était pas bonne. J'en parlerai tranquillement avec mon nouveau président.

---

1 L'église, *Church*, est le lieu où toutes les grandes décisions sont prises chez les bikers. (NdT, ainsi que pour les notes suivantes)

Champ émet un fort sifflement.

– Putain, quand j'entends ça, je me dis qu'il faut que je fasse un petit voyage en Californie. Histoire de tremper ma queue dans une petite chatte douce et bronzée.

Je secoue la tête et suis le Prez à l'intérieur, laissant derrière moi tout ce que j'ai connu en Californie. J'ai pris mes responsabilités et j'ai quitté l'emprise de mon père, Gunner, le président de la section californienne du club. Je n'étais pas d'accord avec la plupart des merdes qu'il faisait et je ne pouvais pas le soutenir. C'est ma chance de faire partie de quelque chose en quoi je crois de tout mon être.

Dans n'importe quel club, si vous êtes un frère, vous soutenez votre président quoi qu'il arrive et quelles que soient ses décisions. Malheureusement, mon père et moi avions une grave divergence d'ordre moral. Sans parler du fait qu'il me poussait à m'installer avec une des putes du club. Il y en avait une en particulier avec laquelle il allait fricoter derrière le dos de ma mère. Il s'était attaché à elle et voulait la garder dans le coin. En la casant avec moi, il se disait que ce serait cool de faire une équipe « père-fils ». Je n'étais pas d'accord avec ça. Sans compter qu'un homme qui trompe sa femme, la mère de ses enfants, ne devrait pas pouvoir se regarder dans une glace.

Je n'aime pas ce côté de mon père. Quelque chose a changé en lui ces dernières années. Il est devenu cupide. Il a commencé à vouloir faire des boulots dangereux, du genre de ceux pour lesquels on finit par faire de cinq à dix ans de taule. J'étais déjà vice-président, mais je n'arrivais pas à accepter ce qu'il faisait ou les boulots qu'il prenait. Ce n'est pas le fonctionnement de The Pride.

C'est là que j'ai appelé Riot. Je lui ai demandé s'il cherchait un autre membre pour son club. Comme prévu, il m'a ouvert les bras, mais à ma grande surprise, il m'a proposé un truc exceptionnel. Ils ont perdu leur vice-président l'année dernière dans un accident de moto. Je le savais puisque la plupart des membres de notre club, ainsi que ceux des autres sections de Hero's Pride à travers les États-Unis, se sont rendus aux funérailles.

Il s'est avéré que le poste de vice-président n'avait pas été attribué et qu'aucun des hommes ne voulait mettre les pieds dans les bottes de son frère. Ce type était aimé et le sera toujours. Quand j'ai demandé à venir, Riot m'a proposé le poste. J'ai sauté sur l'occasion, c'était une belle opportunité, mais mieux encore, c'est à deux États de la maison. De mon père.

Maintenant, Il faut que je fasse mes preuves.

J'ai besoin de faire partie de quelque chose à quoi je crois. Et j'espère parler à Riot de ce qui se passe en Californie. Qu'il y réfléchisse. Je sais que lorsque le club a été créé, le but était d'arriver à faire cohabiter le style de vie des motards avec celui d'un citoyen respectueux des lois. Les bikers aiment leur indépendance et leur liberté. Nous ne supportons pas qu'on nous impose des règles. Mais comme tous nos frères ont servi, ou servent actuellement, dans l'armée, la police ou un autre service public, nous avons compris l'importance de rester dans les clous. Nous avons gardé cette ligne de conduite entre nous et les hors-la-loi, sans faillir.

Nous n'avons aucune envie de tremper dans le trafic de drogue, d'armes, de proxénétisme, ou de nous lancer dans des guerres de gangs. Du moins, c'est comme ça que la plupart des clubs fonctionnent. Celui de mon père a pris une autre voie.

Cependant, le but de tout club Hero's Pride est, d'abord et avant tout, de protéger son propre territoire et ses membres. Ce qui signifie que nous avons assuré la sécurité du comté dans lequel nous vivions. Si nous devions enfreindre certaines règles pour le faire, nous le faisions. Sans hésitation. Sans honte.

D'après ce que j'ai compris, à Grants Pass, il y a très peu de forces de police. Les nouvelles normes environnementales ont grevé le budget de la ville. Du coup, les moyens de la police ont été réduits au minimum, laissant un shérif et une petite poignée d'adjoints pour patrouiller la ville de près de quarante mille habitants et le comté tout entier, une population totale de plus de quatre-vingt-dix mille personnes. Le club a apporté son aide en formant sa propre patrouille et en gardant les rues du comté libres de drogues, de putes et de tout autre acte répréhensible.

Le shérif et le club ont un accord. Ça fait vingt ans que ça dure et les liens se sont renforcés au fil du temps. Cela ne veut pas dire que les adjoints n'ont pas arrêté nos garçons quand les choses ont dégénéré, mais ils ont eu tendance à être indulgents et à laisser le club s'occuper de ses propres affaires.

Jusqu'à présent, ça fonctionne bien, et je suis heureux de faire partie de cette organisation.

***

Le club a voté à l'unanimité hier soir. Je suis officiellement le nouveau vice-président de la section de l'Oregon de Hero's Pride. J'ai pris mon nouvel écusson dans les mains et j'ai ricané.

Biker Babe. Ces salopes ne reculent devant rien.

En me remettant l'écusson, Cricket, un ancien membre fondateur du club, m'a dit que si je ne le cousais pas moi-même, je devais me rendre à son magasin après le déjeuner et qu'il s'en occuperait pour moi.

Quand je me suis réveillé, j'ai gardé mes bonnes habitudes et je suis allé courir une heure dans les bois, ensuite j'ai fait une heure de salle et, enfin, après une bonne douche et un copieux petit déjeuner, je suis descendu en ville.

En arrivant devant le magasin, je vois une brune y entrer. Elle est grande, bronzée et pulpeuse, avec de longs cheveux noirs. Elle est en train d'ajuster la veste suspendue dans la vitrine et de placer une série de colliers en argent sur un crochet. C'est plutôt joli et je me dis que ça lui irait bien. Rien qu'en passant à moto devant sa boutique, son allure m'a déjà fait bander.

Elle se retourne, et je me mords l'intérieur de la bouche tout en respirant un bon coup. Son pantalon de cuir moulant est attaché sur le côté par des œillets qui laissent entrevoir sa peau nue, et ça de la taille aux chevilles. Si elle porte des sous-vêtements, je donnerais bien ma couille gauche pour les arracher avec mes dents.

Putain de merde.

La brune s'est retournée et ce que je vois me plaît de plus en plus. Son cul en forme de cœur est moulé à la perfection dans son pantalon. Son débardeur marque sa taille et est noué au creux de son dos. Elle se penche et je manque faire exploser les boutons de mon jean tellement je bande fort. Je me réajuste, tout en regardant la femme la plus sexy au monde travailler.

Mon attention est attirée par l'arrivée d'un homme dans un costume immonde qui se plante devant la vitrine. Il donne un coup sur la vitre pour attirer l'attention de la brune. Elle se retourne et ses yeux croisent les miens, pas ceux de l'homme. Ils sont bleus. En fait, non. Ils sont de la couleur de l'eau à la surface d'un lac après le dégel, bleu glacé. Son regard s'enfonce dans ma poitrine comme un couteau dans le cœur en même temps qu'un coup de poing dans le ventre.

Elle sursaute, et son attention se détourne vers le visage du connard qui frappe sur sa vitrine.

– Ne t'avise pas de m'ignorer, Shay ! Ça fait des mois que j'appelle pour essayer d'arranger les choses avec toi ! Allez, viens ! Sors et occupe-toi de ton homme !

Le mec continue à frapper la vitre, ce qui m'énerve au plus haut point.

La peur apparaît sur le visage de ma copine et je grogne. Je descends de ma moto et m'approche du type qui se dirige vers l'entrée du magasin, pour me placer entre lui et la porte.

– T'as un problème, mon pote ?

J'essaie de rester calme. Je ne connais pas la situation, mais je n'aime pas le ton du type ni sa façon de faire un peu trop agressive à mon goût.

La fille ouvre la porte, elle est juste derrière moi. Je jette un coup d'œil par-dessus mon épaule et je vois dans ses yeux qu'elle regarde mes écussons. Ses épaules retombent, elle semble soulagée en comprenant que je suis un frère du club.

Ça sent pas bon. Je comprends qu'elle ne veut pas voir ce type. Elle a moins peur de moi, un étranger, que de ce mec en costume.

– Je suis son petit ami, mec. C'est cool.

Le connard lève les mains en signe d'apaisement. Il a au moins quinze centimètres de moins que moi, ce qui ne veut pas dire grand-chose, car je mesure un mètre quatre-vingt-dix-huit.

– Ex-petit ami, dit la fille en ricanant. On a rompu depuis plus longtemps qu'on a été ensemble…

– Bébé, tu sais que je t'aime… plaide la mauviette.

– Tu m'aimes ? Tu m'as frappé… au visage, Gary ! Aucun homme ne me touche. Tu as de la chance que je ne l'aie pas dit au club, hurle-t-elle.

Le seul club de la région est The Pride. Celui dont je suis depuis peu un des dirigeants officiels.

– Trop tard, je marmonne, en serrant les poings, les yeux rivés sur le mec devant moi. Tu viens de le faire.

Sans hésiter, j'arme mon poing et je frappe le type au visage. Il tombe sur son cul, s'agrippant à son nez. Le sang jaillit de ses narines comme d'un robinet ouvert.

– C'est un avertissement, fils de pute ! On ne touche pas à ce qui m'appartient ; on ne frappe pas une femme et on ne touche pas à un membre du club.

La femme s'est rapprochée dans mon dos, en posant les mains sur ma taille pour regarder par-dessus mon épaule.

– Ouais ! Tu ferais mieux de me laisser tranquille, Gary. Plus d'appels. Plus de visites à mon magasin, mon appart ou chez mes amis.

– Putain, je saigne. Je crois que tu m'as cassé le nez, mec, gémit Gary.

En entendant à quel point cet enculé la harcèle, j'en rajoute une couche.

– Tu as de la chance de n'avoir que le nez cassé. Dernier avertissement. Elle n'existe plus pour toi.

– Shay, mais je t'aime, bébé, gémit le costume.

Shay fait un petit bruit bizarre. Puis elle me serre la taille avec ses mains et pose son front sur mon dos.

– S'il te plaît, fais-le taire, chuchote-t-elle en enfonçant ses ongles dans ma peau pour souligner sa peur.

C'est tout ce qu'elle a à dire. C'est tout ce qu'il fallait. Cette petite voix qui me supplie, sa chaleur dans mon dos, et je sais que je me transforme pour toujours. Je sais que je protégerai cette fille toute ma vie.

– Je m'en occupe, minou.

Je retire ses mains de ma taille à contrecœur.

– Rentre tes griffes… pour l'instant.

Je fais quelques pas vers Gary qui, lui, recule sur le trottoir sale.

– Non, non, non, non.

Il secoue la tête comme si j'étais un mirage qu'il pouvait faire disparaître.

Je me baisse, le prends par le cou et le plaque contre le mur de béton.

– Si tu la regardes, ou même si tu penses à elle, souviens-toi de moi. (Je colle mon nez contre le sien et siffle entre mes dents.) Elle. N'existe. Pas. Pour. Toi. Répète ! j'aboie.

L'homme tremble et tente de parler malgré ma main autour de son cou et le sang qui coule dans sa bouche.

– Elle. N'exxxiste. Pas.

Je grimace et le laisse retomber sur ses pieds. Il se penche et agrippe sa gorge.

– J'emmerde ta foutue famille ! Bande d'abrutis, bons à rien, enfoirés de bikers !

Je me fous de ce qu'il dit. C'est le discours d'un homme qui vient de se faire botter le cul et qui essaie de sauver la face. Ma copine, en revanche, ne l'entend pas de la même façon.

Elle se met à crier : « Retire ça ! » en tentant de lui balancer un coup de pied. Je l'attrape in extremis par la taille et l'attire contre moi. Elle essaie de se dégager de mon emprise, mais je lui fais la même chose qu'à Gary, en la plaquant contre le mur de béton. Sauf que cette fois-ci, mes bras servent à la protéger, ma main posée sur sa joue, je passe mon pouce sur ses lèvres roses pulpeuses.

– Calme-toi, mon minou. Calme-toi. Je suis là.

Je regarde son visage pâle comme un linge et son regard glacial jusqu'à ce que je sente qu'elle se détend, pas complètement bien sûr. Non, pas cette femme. Elle met sa colère en sourdine et respire à fond.

Putain, elle est magnifique. Du genre dont un homme ne se remet jamais. Le genre de femme qu'un homme regrette de quitter le matin pour aller travailler, tout en sachant qu'il a une excellente raison de rentrer à la maison le soir. Une putain de bonne raison ! Putain !

Son regard cherche le mien quelques instants avant qu'elle hoche la tête, et je la libère. Je jette un coup d'œil et constate que Gary a filé, ce qui est la meilleure décision que cet abruti pouvait prendre.

– Il ne te posera plus jamais de problème, je m'en assurerai.

Elle souffle.

– Tu ne connais pas Gary.

– Non, mais j'ai bien l'intention de te connaître, toi. Personnellement. Intimement.

C'est la première fois que je fais ce genre de promesse à une femme.

Ma copine se lèche les lèvres d'une façon tellement sexy qu'elle me donne envie d'embrasser ce sourire et de le remplacer par un gémissement.

– Je ne sors pas avec des motards, dit-elle en levant un sourcil et avec un tel aplomb que ça fait frémir ma queue.

– C'est parfait, minou, parce qu'on ne sort pas ensemble.

Cette fois, ses deux sourcils se lèvent.

– Ah ?

Je rapproche ma tête de la sienne et sens l'odeur du soleil et des fleurs sauvages. Mon nouveau parfum préféré.

– Non. On va baiser. Beaucoup baiser.

Elle éclate de rire.

–Tu es bien sûr de toi !

Je souris et passe ma main le long de sa taille jusqu'à son cul arrondi, la serrant fort contre moi pour qu'elle sente ma queue tendue.

– Bientôt, tu seras sur moi.

Elle déglutit lentement. La tête penchée sur le côté, les yeux plissés, elle ajoute :

– Tu penses que je suis une fille facile ?

Je frotte ma bite dure contre son ventre et quand je l'entends gémir doucement, je sais ce que j'ai besoin de savoir.

– Non, ma chérie. Je pense que tu vas être un défi. Un défi pour lequel je suis tout à fait prêt.

Je presse mes lèvres contre son cou, inhale son parfum, et ma langue parcourt sa peau douce. Elle soupire et penche la tête sur le côté pour s'offrir à moi. Je pince et suce la chair jusqu'à ce qu'une marque violacée apparaisse.

Quand j'arrache ma bouche, elle ouvre des yeux enflammés.

– Tu viens de me marquer ?

Je souris lentement.

– Je m'assure juste que tout le monde sache que tu es prise.

Sa poitrine se soulève, ses seins ronds se collent contre mon torse de la manière la plus délicieuse qui soit, jusqu'à ce que ses mains s'approchent de ma poitrine et qu'elle me repousse de toutes ses forces, me forçant à reculer de quelques pas. En temps normal, personne n'aurait pu me bousculer de la sorte, mais comme je ne m'y attendais pas, elle a l'avantage. D'habitude, les femmes me tirent plus près, elles ne me repoussent pas.

– T'es un connard !

Sa voix étranglée est remplie de colère.

–Non. Correction. Je suis ton connard. Le seul connard avec lequel tu baiseras à partir de maintenant. Encore une fois, c'est une promesse, pas une demande.

Elle émet un bruit furieux entre ses lèvres, balance ses longs cheveux noirs par-dessus son épaule en se tournant vers la porte.

– Dans tes rêves. Certainement pas après que tu m'as marquée si grossièrement alors que je ne connais même pas ton nom.

– Rex. Je suis le nouveau vice-président du Hero's Pride.

Elle suffoque, ses yeux se plissent. Elle se redresse avant de se retourner vers moi.

–N'importe quoi !

– Je ne te mentirai jamais, Pussycat. Jamais de la vie. (Je sors de ma poche arrière mon nouvel écusson.) Je suis venu ici pour me faire coudre ça par Cricket. Il est là ?

Elle ferme les yeux, semble prendre une grande respiration et secoue la tête, ce qui contredit sa réponse suivante.

– Oui, il est à l'arrière. Mais maintenant, j'ai encore plus de raisons de ne pas sortir avec toi, et mieux encore, tu ne me toucheras plus jamais.

– Rien ne m'empêchera de te conquérir. Quand je vois quelque chose que je veux, je le prends. Et, bébé, tu es dans ma ligne de mire.

– Ça va changer.

Elle sourit comme si elle connaissait la chute d'une blague que je n'ai pas encore entendue.

– Pourquoi ça ?

– Parce que je suis une biker princesse.

Elle cligne des yeux comme si ça expliquait tout.

Je la regarde de bas en haut, notant les bottes à talons hauts, le pantalon en cuir, le débardeur Harley, les cheveux sauvages et les bijoux argent à ses doigts, son cou et ses poignets. J'ai compris ça en te regardant, bébé, et ce que je vois est tout ce que je veux dans ma vie et dans mon lit.

– Je crois que tu ne comprends pas, se moque-t-elle, agitant un doigt comme si j'étais un mauvais garçon et qu'elle allait me réprimander.

Ma queue réagit à nouveau.

– Pourquoi tu ne me dis pas de quoi tu parles ?

– Je suis LA Biker princesse. Mon père est votre Président, Riot.

Mon sang se glace dans mes veines.

– Tu es Shay O'Donnell ?

Elle sourit d'un air entendu.

– Oui. Entre, mon frère. Mets-toi à l'aise, on va te coudre ce tout nouvel écusson.

– Putain.

Je serre la mâchoire, en regardant tout ce que je désire chez une femme, mais qu'on ne me permettra pas d'avoir. La putain de fille du Président. Rien dans le club n'est plus sacré que la fille du Président.

– Pas dans cette vie.

Elle hausse les épaules et se retourne en exécutant un petit déhanché qui fait pulser ma bite au rythme de mon cœur.

Comment me sortir de ce merdier ?

Shay O'Donnell est hors limites.

Chapitre 3

Shay

Rex Crawford.

Le nouveau vice-président du Hero's Pride MC. Je ferme les yeux et me souviens de la façon dont Rex a soulevé Gary par le cou et l'a collé au mur, vingt centimètres au-dessus du sol.

Je tremble en me remémorant ce moment. Mon Dieu, il était magnifique. Tous les frères sont beaux à leur façon, mais je n'avais jamais pensé à aucun d'eux dans un contexte romantique. Les frères ont toujours été interdits. Non seulement parce qu'ils rendent des comptes à mon père mais aussi parce qu'ils sont ma famille. J'ai grandi avec les plus âgés comme oncles, les plus jeunes comme frères et sœurs. Pour eux, je suis la princesse du club. Le bébé. Quelqu'un de sacré, à protéger.

C'est un problème que j'ai combattu toute ma vie. Il m'a toujours été difficile de prouver mon indépendance, ma valeur, mais j'ai gagné leur respect en tant que femme capable de prendre soin d'elle-même le jour où j'ai ouvert ma propre entreprise. J'ai emménagé dans mon appartement et je paie enfin mes factures, je vis grâce à ce que je gagne. J'ai vingt-cinq ans. Il est temps que je quitte l'emprise de mon père. Il est temps que je devienne une femme.

Puis Rex Crawford est entré en scène.

Étonnamment beau. Un putain de géant, comparé à la plupart des hommes. Une force brute. On voit qu'il va à la salle. Souvent. Le premier homme depuis très, très longtemps, qui m'a fait mal aux dents tellement le désir de le croquer est fort. Hier, quand il est entré dans mon magasin après l'épisode « Gary », j'avais envie de lui sauter dessus. Au risque d'enfreindre ma règle de l'interdiction de sortir avec un motard.

Rex est l'exception à toute règle.

Il dégage une telle virilité qu'on se dit qu'il pourrait arracher des arbres du sol à mains nues. Mon Dieu, comme je veux ces mains sur moi. Ou passer mes doigts dans ces cheveux. Quand il est arrivé, ils étaient lâchés sur ses épaules et le soleil brillait dans ses boucles dorées. Il a besoin d'une bonne taille de barbe, mais je ne le jetterais pas hors du lit pour un petit frottement de moustache. Au contraire, j'ai imaginé ces marques sur mon menton, mes seins, entre mes cuisses de la même façon que j'ai porté la nouvelle marque violette à mon cou.

J'ai serré les dents et les cuisses, pour ne pas penser nuit et jour au désir que je ressentais pour Rex.

Il n'y a aucune chance que mon père autorise un de ses frères à sortir avec sa fille. Peu importe qui il est. Sa princesse est interdite à ses frères.

En plus, Rex semble autoritaire, intelligent et énergique. D'habitude, je sors plutôt avec des mecs qui me laissent le contrôle de la situation. D'où Gary, le gentil vendeur de voitures, que je trouvais mignon mais qui avait caché son côté sombre, qui remontait à la surface quand il buvait. Et il avait tendance à boire quand il rentrait sans avoir fait de ventes dans la journée. Ces soirs-là, je passais mon temps à essayer de lui changer les idées. Jusqu'au moment où j'ai suggéré que, s'il détestait tant son boulot, il n'avait qu'à démissionner. C'est là qu'il m'a sauté dessus, m'a frappée et m'a dit de… « fermer ma gueule ».

Je suis sortie de son appartement et de sa vie. Je lui ai clairement dit que c'était fini entre nous. Deux jours plus tard, il a commencé à m'envoyer des SMS, à m'appeler, à débarquer chez mes amis et à mon ancien boulot.

Je souris en repensant à Rex en train de le frapper au visage, je revois le sang de Gary qui jaillissait de son nez, ruinant son meilleur costume. Je devrais remercier Rex pour ça. Il lui a donné une bonne leçon. Je ne pense pas qu'il aura à nouveau envie de me contacter. Et s'il continue, je le dirai à papa. J'ai essayé de résoudre mes problèmes toute seule, sans impliquer le club, mais grâce à Gary j'ai compris que… la famille est la famille.

Si vous avez besoin, ils sont là. Surtout pour remettre à leur place des petits connards mal dans leur peau qui pensent que c'est normal de frapper les femmes et de les harceler une fois qu'elles ont rompu avec eux.

***

– À quoi tu penses, Princesse ? demande Cricket tout en travaillant sur un sac à main en cuir.

Il est tellement beau que j'ai envie de le garder pour moi plutôt que de le vendre dans mon magasin.

Je soupire et passe ma main sur la frange en cuir d'un Bombardier.

– C'est à propos du nouveau vice-président qui a frappé ton ex ?

Je regarde de plus près le vieil homme assis dans son petit espace, la tête penchée en avant, sa barbe d'inspiration ZZ Top reposant sur la table. Ses cheveux sont longs sur le côté, mais le haut de son crâne est aussi lisse que les fesses d'un bébé. Cricket n'est plus un jeune homme, et je pense que personne ne connaît vraiment son âge. Il a toujours été dans le coin. Il a servi dans l'armée avec mon grand-père et quand mon père a décidé de lancer Hero's Pride, il y a plus de vingt ans, il a été là. Il a toujours été comme un père pour tous les frères. Tant et si bien que ma boutique ne désemplit pas de frères qui viennent lui parler ou lui demander conseil.

– Comment tu sais ?

Cricket rit.

– La première chose que Rex a faite hier soir à la réunion du club, c'est de parler de ça. Il a dit qu'il s'en était occupé mais qu'il demandait à tous d'être vigilants.

Je lève les yeux au ciel et secoue la tête.

– C'est pour ça que papa et maman m'appellent toutes les heures ?

Et justement mon portable sonne !

Cricket sourit et continue à travailler.

J'insiste :

– Je peux me débrouiller toute seule.

Cricket lève la tête, son regard aux yeux clairs se pose sur moi.

– Évidemment, mais pourquoi tu le ferais alors que tu as un homme comme Rex et tous les frères du club prêts à donner leur vie pour toi ?

Je me sens écrasée, comme si une Harley de six cents kilos avait atterri sur ma poitrine et m'avait clouée au sol.

– J'essaie de gérer. De me débrouiller toute seule pour une fois.

Je me mords la lèvre, les émotions me submergent et surtout la honte.

– Princesse, tu es belle, dit-il, comme si cela répondait à toutes les questions de l'univers.

Mes épaules s'affaissent.

– Merci, Cricket.

Il secoue la tête.

– Non, tu as mal compris. Tu es magnifique. Aucune femme ne te ressemble. Aucune n'agit comme toi. Aucune ne parle comme toi. Tu es unique en ton genre, ma chérie. Les hommes vont essayer de te mettre le grappin dessus, de te blesser, de t'éloigner de nous. De bafouer cette beauté qui est en toi. Tu as besoin d'un homme qui te laisse t'épanouir dans tout ce que tu fais. Un homme qui n'a pas peur de ta lumière. Le genre d'homme qui, en découvrant une femme comme toi, se mettra en quatre pour te mériter. Un homme qui saura te protéger, te faire avancer, te faire grandir. Pas un homme qui se sentira menacé par ton aura.

– Cricket… quel genre d'homme va faire tout ça ? Il n'existe pas.

Il pose ses outils, recule contre le dossier de sa chaise et pose sa main sur son ventre de buveur de bière. Cet homme pourrait passer pour le Père Noël s'il n'était pas aussi rebelle et provocateur.

– Bien sûr que si. J'en ai rencontré beaucoup.

Je ris en passant ma main dans mes boucles brunes.

– Ah ouais ? Et ils se cachent où ?

– Juste devant ton nez, chérie, dit-il en lançant un regard vers les tee-shirts avec le logo Hero's Pride que je vends dans ma boutique pour que les gars et leurs femmes puissent les acheter s'ils en ont besoin.

– Les frères ? je réponds sur un ton ironique.

Il sourit bizarrement.

– Un frère en particulier. Je crois qu'il a sauvé ton cul hier et qu'il a clairement laissé entendre qu'il aimerait le posséder.

Je m'accoude contre le comptoir en verre sur lequel sont posées les bagues et je regarde Cricket.

– Même si j'étais intéressée – et je ne dis pas que je le suis –, papa ne l'autoriserait jamais. Un frère ? C'est du suicide pour n'importe quel homme, et tu le sais.

Il hausse les épaules et serre les lèvres.

– Je ne sais pas. Si le bon gars se présente... En réalité, la personne la plus sûre au monde avec qui tu pourrais t'installer serait l'un d'entre nous. Un frère ne te fera jamais de mal. Non seulement parce que cela va à l'encontre de notre éthique envers les femmes, mais aussi parce que ton père et les autres frères le tueraient. C'est aussi simple que ça, Princesse.

Je me lèche les lèvres et imagine le scénario. Chaque fois que j'envisage cette situation, ça finit de la même façon : papa et sa bande de frères détruisant Rex dans un bain de sang.

– Non. (Je secoue la tête.) Ça n'en vaut pas la peine.

– L'amour en vaut toujours la peine, chérie.

Je ricane.

– Qui parle d'amour ?

Cricket me fait un sourire entendu.

– Nous verrons bien. J'ai hâte de voir la suite des épisodes.

***

Le soleil vient tout juste de passer la limite des arbres quand je monte les marches en bois du chalet du club. La musique retentit bruyamment de l'atelier, se mêlant au bruit du métal qui cogne contre du métal, le tout résonne jusqu'à l'extérieur, depuis les portes ouvertes de la salle de gym où les gars s'entraînent.

Je ne frappe pas. Le Club des Princesses me donne un certain nombre de privilèges. Depuis que je suis assez grande pour comprendre les choses, j'ai accès à tout. Les beuveries des frères, les soirées passées à fumer de l'herbe, en passant par la baise en public entre eux et les filles du club. Rien ne m'était interdit, sauf l'Église. Aucune femme ne peut pénétrer dans l'antre où les frères prennent leurs décisions importantes pour le fonctionnement du club.

Il faut dire que mes parents sont des gens très libres et très extravertis. Ils ne nous cachaient pas grand-chose de leur vie, à Shane et moi, du coup nous étions aussi très libres sur ce que nous faisions.

Dans la salle de jeu, Tank et Champ jouent au billard. L'une des filles du club, Trixie, caresse d'une main la poitrine de Tank, tandis que l'autre est tout simplement glissée dans son pantalon.

Il lui sourit et écrase ses lèvres sur les siennes tout en remontant sa minijupe en cuir pour pouvoir lui toucher les fesses.

Tank est un grand mec. Ultra-sympa et très fringant. Il aime baiser. Une fois, alors qu'il était ivre, il m'a dit qu'être entre les cuisses d'une femme faisait fuir ses démons. Vu qu'il avait tous les soirs une fille sur la queue, je me suis dit qu'il devait avoir beaucoup de démons. La seule chose que je sache au sujet de Tank et de son passage dans l'armée, c'est qu'il a réellement conduit un char en Afghanistan. D'ou son surnom. C'est à peu près tout ce que je connais de l'époque où il servait son pays. Papa m'a demandé de ne pas lui poser de questions. Il ne voulait pas que je sois contaminé par la merde du monde. Comme j'aime être une princesse, jolie mais impertinente, j'ai suivi son conseil et je me contente de lui faire des câlins quand il est d'humeur à prendre celle qu'il considère comme sa petite sœur dans ses bras. Et nous nous entendons très bien.

***

– Allez, mec, je ne veux pas voir ta bite ce soir. Je veux juste que tu sortes un billet de 20 $ de ta poche parce que je vais te botter le cul au billard, lâche Trixie.

– Et prends ta queue pour commencer à jouer, mon frère, dit Champ d'un ton pleurnichard, pas très crédible pour un biker aussi costaud que lui.

Je leur souris et fais un petit signe en me dirigeant vers le bar, où j'espère trouver Rex. J'ai choisi un cadeau pour lui dans ma boutique. Un bijou que ma créatrice, Sonia, a fait. Une pièce que je n'ai jamais mise en vente. Quand elle me l'a livrée, je l'ai gardée. Je ne savais pas pourquoi à l'époque, mais maintenant je le sais.

Jay, l'un des jeunes du club, est en train de nettoyer le comptoir. Comme il est novice, on ne lui a pas encore attribué de surnom. Les frères choisiront ce nom quand le moment sera venu.

– Salut, Jay, tu as vu Rex ?

Il me montre du menton l'escalier qui mène aux chambres des frères. Les frères habitent au troisième étage. Le second est occupé par le club des filles et quelques chambres supplémentaires pour les bikers de passage ou les invités. Le quatrième, et dernier étage, est réservé au Président et à sa famille. Mon père pense qu'il faut être proche du club à tout moment. Immersion totale.

Ma mère, une *biker babe* jusqu'au bout des ongles, est d'accord avec ça. Ce qui veut dire que mon frère et moi avons toujours une chambre au quatrième étage. Papa souhaite que, peu importe leur âge, ses enfants puissent rentrer à la maison quand ils en ressentent l'envie ou le besoin. Cela a beaucoup aidé Shane lorsqu'il s'est retrouvé papa. Une folle avait mis un bébé de quelques jours dans les bras de mon père pendant que Shane était à l'armée, en lui disant que son fils était le père sa fille. Elle n'est jamais revenue.

Nous avons fait réaliser un test de paternité qui a confirmé que mon frère était bien son père. Mon frère lui a donné un prénom en voyant une photo que nous lui avions envoyée par sms. Il a laissé mes parents élever Shayna les deux premiers mois de sa vie jusqu'à ce qu'il termine ses quatre ans de service et rentre à la maison pour devenir père. Quelque chose qu'il n'avait pas vraiment prévu à vingt et un ans. Le club entier l'a soutenu, et Shayna est aujourd'hui la lumière de nos vies. Quant à Shane, quatre ans plus tard, c'est le deuxième meilleur papa que je connaisse. Les débuts ont été difficiles, mais maintenant, il considère que c'est la meilleure chose qui lui soit jamais arrivée. Et nous sommes tous d'accord avec lui.

J'aimerais juste que mon frère se calme, qu'il trouve une gentille femme qui veuille être maman. Shayna mérite d'avoir une vraie famille.

Je grimpe les escaliers quatre à quatre jusqu'à ce que j'arrive à l'étage des frères et à la grande pièce réservée au vice-président.

À travers la porte, j'entends une grosse voix en colère.

– Salope, bouge ton cul d'ici tout de suite, ou je te fous dehors. Et crois-moi, tu vas le sentir passer si c'est moi qui le fais.

Je retiens ma respiration et colle l'oreille à la porte. J'entends la voix stridente de Lacey comme si j'étais dans la pièce et je serre les dents.

– Mais, Rex, les filles du club sont là pour faire plaisir aux frères. Et tu es nouveau. C'est un honneur pour moi de te servir.

Cette putain de salope !

Mon cœur s'accélère en imaginant le corps de cette garce sur Rex. C'est la seule fille du club que je ne supporte pas. Bien sûr, pour les mecs du club, elle représente la femme idéale avec ses faux seins, ses longues jambes et son cul osseux.

– Je te le répète une dernière fois. Je suis en main. Et puis je n'aime pas les sacs d'os. Il faut te remplumer. Va manger un putain de sandwich et sors de ma chambre. MAINTENANT ! rugit Rex.

Elle insiste d'une voix pleurnicheuse.

– Rex, bébé… laisse-moi juste te sucer. Je suis la reine de la pipe…

Là, c'en est trop. J'en peux plus. Je ne veux pas entendre un mot de plus sortir de la bouche de cette salope.

J'ouvre la porte sans frapper et fais irruption dans la pièce.

Rex est debout au milieu de la pièce et ses yeux se posent sur moi. Il porte une serviette autour de la taille, encore tout mouillé de la douche. Mon Dieu, ce mec est un rêve incarné.

– Lacey, j'entendais depuis le bas Rex te foutre dehors. S'il ne veut pas de toi, dégage !

Je lui montre la porte.

Elle me jette un regard tellement noir que je ressens la puissance de sa colère.

– Qu'est-ce que tu en sais ? Tu n'es qu'une allumeuse qui parade, qui parle et qui se fout de tout le monde. Tout le monde le pense. Les frères ne pensent qu'à te baiser, mais papa chéri ne le permettra pas…

Elle marque une pause, et au moment où elle va reprendre, une grande main l'attrape par ses cheveux blonds décolorés, si fort qu'elle hurle de douleur.

Rex ne s'arrête pas. Au lieu de ça, il traîne Lacey jusqu'à la porte si vite qu'elle se dépêche de marcher sur ses talons ridiculement hauts de strip-teaseuse pour suivre, sous peine de se faire arracher un morceau énorme de ses extensions de cheveux.

– Ne recommence jamais…

Il saisit la tête de Lacey pour qu'elle soit obligée de le regarder dans les yeux.

– Parle encore de Shay de cette façon, et tu es virée du club.

Ses yeux lancent des éclairs de défi.

– Tu ne peux pas faire ça. Je suis ici depuis deux ans !

– Ah ouais ? Figure-toi que je suis le putain de nouveau vice-président du club, salope. Les décisions que je prends sont valides, sauf si Riot pense le contraire. Ce qui veut dire que si je te botte le cul, t'es virée. Maintenant, dégage de ma chambre et fous-moi la paix !

Il la jette dehors fermement et claque la porte, avant de la verrouiller.

– Merde ! hurle-t-il en se prenant la tête entre les mains.

Je suis toujours debout, au milieu de la pièce, les bras croisés sur la poitrine.

– Est-ce que les frères pensent vraiment ça ?

Les yeux brun foncé de Rex se radoucissent, il secoue la tête.

– Sérieusement ? Je mérite de savoir. Est-ce que je ne suis qu'un morceau de cul intouchable ?

J'ai la gorge nouée et je serre la mâchoire pour ne pas pleurer.

Leçon numéro un sur le fait d'être une fille de motard : les filles ne pleurent pas. Du moins, pas devant le premier venu. Sous la douche, bien sûr. La nuit, quand on est seule… définitivement. Jamais devant un frère, au risque de perdre toute crédibilité.

– Bien sûr que non. Et, crois-moi, ces deux derniers jours, j'ai beaucoup parlé de toi. Beaucoup. Les frères t'aiment. Chacun d'entre eux. Ils sont ta famille. Quelques nouveaux te sauteraient bien dessus, mais je les en ai fermement dissuadés. Ils ne connaissent pas les règles ni la situation. Maintenant, ils savent à quoi s'en tenir.

Je mordille ma lèvre inférieure et déglutis un bon coup, histoire de faire disparaître mon anxiété. Je reprends la parole fièrement.

– Et toi ? Qu'est-ce que tu penses de moi ?

Il me regarde de ses yeux caramel dans lesquels j'ai envie de me perdre.

– Je pense que tu n'es que beauté.

Une bouffée de chaleur explose dans ma poitrine si fort que je porte mes mains à mon cœur pour m'empêcher de lui sauter au cou. Je me donne une contenance en sortant de ma poche le petit sac en velours que je lui ai apporté. Je lui tends la pochette.

– J'ai un cadeau pour toi.

Rex le prend et le garde dans ses mains en le regardant bizarrement.

– C'est pour quoi faire ?

Il tient le sac, mais ne l'ouvre pas pour voir ce qu'il contient.

– Tu m'as sauvé la mise. En plus, tu es nouveau. J'imagine que prendre la place d'un homme que tout le monde appréciait ne doit pas être simple. Je me suis dit que j'allais te faire un petit cadeau de bienvenue. C'est mon amie Sonia, une artiste locale, qui l'a créé. C'est une pièce unique.

Ses lèvres s'entrouvrent sur un drôle de petit sourire. Je ne peux pas m'empêcher de laisser traîner mon regard sur son torse nu. Il est à la fois musclé et fin. Ses tatouages tribaux, qui lui remontent sur le bras gauche, me rappellent l'acteur Jason Momoa. Il est tellement sexy que je me retiens pour ne pas le toucher.

Une barre oblique lui barre le front comme s'il s'interrogeait sur mes intentions.

– Ouvre-le, je souffle, et il sourit.

Il tire sur la ficelle qui ferme la petite poche et l'anneau en argent tombe dans la paume de sa main. Il pose le sac de velours sur la commode derrière lui et enfile la bague. C'est un anneau d'argent avec un phénix renaissant du feu et des cendres sur le devant, ses serres s'enroulent autour d'une pierre de lune. L'objet est imposant et tient parfaitement sur la grande phalange de son doigt. C'est une bague que seul un biker peut porter.

Il déplace l'anneau sur l'index de sa main gauche. Il lui va parfaitement.

Je souris en attendant qu'il dise quelque chose. Il fixe son doigt si longtemps que je jurerais pouvoir entendre les grillons chanter « Unchained Melody ».

Au moment où je me dis qu'il ne va pas prononcer un mot, et où je m'apprête à partir, il me tend la main, m'attrape le cou, puis la hanche de l'autre main et colle nos corps l'un à l'autre. Il penche ma tête et ses lèvres fondent sur moi comme un ouragan. Mouillées, énergiques et avides.

Il m'embrasse comme s'il était affamé. Comme si c'était son droit.

Je lui donne tout. Mes lèvres, ma langue, mon cœur… en un seul baiser.

Nous nous embrassons pendant des siècles, nos langues dansent, nos dents s'entrechoquent, nos lèvres exigent jusqu'à ce que nous ne puissions plus continuer.

Rex s'est s'éloigné le premier, pour respirer, mais il garde son front pressé contre le mien.

– C'est ça, il murmure, la bouche si près que je sens l'odeur de la menthe de son dentifrice.

– C'est quoi ?

Je respire contre ses lèvres, mes bras enroulés autour de ses épaules nues, mes mains explorant son dos lisse et musclé.

– C'est la fin.

Il frotte son front contre le mien et me caresse le cul.

Je me liquéfie à la sensation de sa main sur mes fesses, mais plus encore, de sa queue que je sens si dure contre moi à travers la serviette qu'il a autour de ses hanches.

Ses mots finissent par pénétrer dans mon cerveau et je répète :

– La fin ?

Rex hoche la tête.

– Ouais, la fin de toutes les femmes que j'ai connues avant toi. C'est toi, c'est toi. Mon début et ma fin. Je te veux.

Chapitre 4

Rex

– Tu me veux ? se moque Shay en essayant de me repousser, mais je tiens bon.

– Ouais.

Elle secoue vigoureusement la tête.

– Non, Rex, aussi incroyable que ce baiser ait été, et tu peux me croire… (elle respire un bon coup) c'était vraiment bien, mais on ne peut pas continuer ça.

Je fronce les sourcils et me recule pour pouvoir me perdre dans son regard bleu acier.

– Qu'est-ce que tu racontes ? Ce baiser n'est que le début. Je vais te retirer chacun des vêtements que tu portes et je vais t'embrasser ailleurs. Quand j'en aurai assez de goûter à ce que je sais être une chatte de classe mondiale, je vais te baiser si fort que tu auras du mal à lever la jambe pour monter sur ma moto. L'endroit où tu vas t'asseoir pour le reste de ta putain de vie. Tu comprends ?

Shay gémit, et ses ongles se plantent dans mon dos, m'envoyant un frisson agréable le long de la colonne vertébrale. Je souris et retire ma main de son cul pour la remonter jusqu'à ses seins puis autour de son cou délicat. Je sens son pouls battre la chamade à travers la peau de son cou gracile. J'en conclus qu'elle est soit excitée, soit effrayée. Je ne veux pas que ma femme ait peur. Ni de moi. Ni de ce connard de Gary. Ni de ce que pourraient penser les mecs du club.

J'approche mon visage du sien.

– Pussycat, je peux te dire que vu la façon dont tes mamelons sont durs contre ma poitrine – je les sens même à travers ton débardeur sexy – et la façon dont ton corps se frotte le long de ma queue, je sais tu aimes l'idée que je prenne tout ce qui est à toi et que je le fasse mien. Rien qu'à moi. Et je vais le faire.

– Rex, bébé… elle murmure, alors que je lui attrape les fesses pour les coller contre mon sexe.

Bon sang, cette fille est parfaite.

– Je sais aussi que tu as peur, mais laisse-moi te dire que c'est fini. Avec moi, tu n'as peur de rien ni de personne. Compris ?

– Mais le club…

Elle proteste, mais elle perd le fil de sa pensée quand je déplace ma main de son cou vers son sein ferme et le serre. Il tient parfaitement dans la paume de ma main, il déborde même un peu, donnant à un homme de quoi le satisfaire. Je suis impatient de lui enlever son débardeur et son soutien-gorge pour pouvoir m'en occuper jusqu'à ce qu'elle perde la tête.

– Le club, c'est mon problème, je lui promets en passant les mains sous son débardeur pour pouvoir le lui retirer.

Elle ne résiste pas. En l'espace d'une seconde, je dégrafe son soutien-gorge en dentelle rouge et le jette par terre.

J'attrape ses seins moelleux et les porte à ma bouche jusqu'à ce que ses genoux commencent à trembler. Elle plonge ses doigts dans mes cheveux et elle cambre le dos.

– Mon Dieu, Rex... elle gémit, les yeux fermés, le menton pointé vers le plafond.

Je m'occupe de ses seins aux tétons roses, je les lèche, suce, tords, pince jusqu'à ce qu'ils soient de couleur prune foncé et totalement dressés.

– Bon sang, tes seins sont tellement bons. Maintenant, bébé, il est temps que je goûte le reste.

Je défais les boutons de son pantalon et le descends jusqu'à ses chevilles. Elle se redresse, mais je tends la main vers son ventre pour qu'elle se rallonge sur le lit. J'arrache ses bottes, ses chaussettes et son jean, ne lui laissant que son minuscule string de dentelle rouge.

Ma bite pulse en regardant ma femme allongée sur mon dessus-de-lit rouge. Ses cheveux forment un halo sombre, son corps magnifique brille dans la lumière tamisée, les tétons tendus, dans l'attente de mon prochain mouvement. C'est une déesse. Je me tiens devant elle, j'enlève la serviette enroulée autour de ma taille pour libérer mon sexe.

Ses yeux s'écarquillent en découvrant que mon érection remonte jusqu'au-dessus de mon nombril.

– Mon Dieu, Rex, tu es si... si... si...

Elle s'assied en se léchant les lèvres. Elle place ses mains sur mes hanches et regarde ma bite bien en face. Je n'ai jamais rien vu de plus beau. Mentalement, je photographie cette image pour pouvoir me la remémorer lors de nos futurs ébats. Même si je ne pense pas avoir besoin de stimulation quand je regarde ce que j'ai devant moi.

– Bébé, tu es énorme.

Elle sort sa petite langue rose et la passe sur le bout de ma queue. Je ferme les yeux et je grogne en sentant la chaleur de ses lèvres. Presque aussitôt, elle s'arrête, ne prenant que deux centimètres de ma queue dans sa bouche.

C'est loin d'être suffisant. Mais elle va s'habituer, je suis un homme patient quand il s'agit de me faire sucer.

Je pose ma main sur sa nuque et lui souris en caressant sa lèvre inférieure.

– Ne t'inquiète pas, ta bouche s'habituera. Tu vas devoir t'entraîner, Pussycat.

Je lui attrape les cheveux et lis la surprise dans ses yeux quand je me retire pour que seul le bout de ma queue reste entre ses lèvres. Elle fait tournoyer sa langue autour de mon gland pendant que, petit à petit, profitant de la lubrification de sa salive, je le fais pénétrer sans sa bouche de plus en plus loin.

Sans prévenir, elle déglutit et je pousse plus loin jusqu'au fond de sa gorge. Elle ne peut plus respirer et ses yeux se remplissent de larmes. Je me retire instantanément pour lui permettre de récupérer. Elle tient dans sa main la base de ma queue. Ses doigts n'en font pas le tour, mais la sensation est tout de même agréable.

– Bébé, je ne suis pas sûre de pouvoir faire rentrer ce mammouth dans ma bouche. Franchement, j'ai un peu peur de la façon dont ça va s'adapter n'importe où en moi.

Je ris et la repousse sur le lit, mais cette fois, je passe mon bras sous son dos jusqu'à ce que sa tête repose contre les oreillers. Là, je m'allonge sur elle.

– Ne t'inquiète pas, je dis en l'embrassant doucement.

Je descends vers son cou avant de prendre ses seins dans ma bouche et de les titiller quelques minutes chacun. Une fois qu'ils sont mûrs à point, je glisse vers son ventre et goûte à sa peau douce comme du velours.

– D'après mon expérience, le corps d'une femme peut faire des choses incroyables, surtout avec le bon type d'encouragement.

Elle m'attrape la tête alors que je prends la ficelle de sa culotte entre mes dents et fais claquer l'élastique contre sa peau comme lorsqu'on frappe quelqu'un avec une serviette mouillée.

– Aïe !

Elle pousse un cri, vite suivi d'un gémissement quand je m'applique à embrasser délicatement l'endroit où l'élastique a rebondi. Je m'installe confortablement entre ses cuisses.

– C'est ça, ce que tu appelles des encouragements ? Faire claquer l'élastique de mon string comme un écolier ?

Je souris et pose mes deux mains sur ses cuisses pour les écarter. Le triangle rouge de dentelle est tendu au maximum. Je me baisse et fais glisser mes deux pouces le long du tissu humide qui recouvre son trésor caché. Elle tremble à mon contact.

– Non, Pussycat, je vais te faire tellement mouiller que, dans cinq minutes, je pourrai te pénétrer sans aucune difficulté. Maintenant, tais-toi, allonge-toi et profite.

Mes derniers mots se perdent sur sa chatte. Je la sens se détendre et mouiller de plus en plus pendant que ma langue passe sur sa chair sensible à travers le tissu en dentelle.

– Oh mon Dieu ! crie-t-elle, en me tenant la tête contre sa chatte d'une main, pendant qu'elle attrape la tête de lit de l'autre pour s'aider à soulever ses hanches.

Elle est sublime.

Ma femme est une diablesse entre les draps. Elle perd toute raison, elle me tient fermement la tête contre sa chair couverte de dentelle, et putain, j'adore ça ! Elle agit comme si elle voulait profiter de chaque seconde. Je la laisse diriger les opérations vers son premier orgasme. Et j'aime chaque seconde de ce premier round.

Quand elle finit par retrouver ses esprits, je la soulève, retire ses sous-vêtements trempés et dévore à nouveau sa chatte. L'orgasme numéro un avait le goût de fruits trempés dans du miel, et j'en veux plus. Tellement plus que je sais, avec ma langue, que je ne me lasserai jamais de cette femme. Jamais de la vie.

Elle hurle, secouant la tête d'avant en arrière pendant que je lui pince le clito entre le pouce et l'index et que je la baise avec ma langue.

Shay tressaille en criant.

– Je n'en ai jamais eu deux… jamais.

Je souris et lève le menton. Je presse ma barbe contre son clitoris et je la frotte d'avant en arrière. Elle se débat comme un cheval fougueux, criant de plaisir.

Son corps tremble lorsque j'avale son second orgasme, mémorisant son goût sur ma langue. Si sa chatte est aussi bonne autour de ma bite que sur ma langue, je n'aurai jamais besoin d'une autre femme.

Alors que son corps navigue à travers les affres de l'extase, je m'insère entre ses cuisses, une main sur le lit pour me tenir au-dessus d'elle, je glisse le bout de mon sexe à travers sa chatte sucrée, je la pénètre et m'enfonce dans ma femme jusqu'à ce que nos corps soient entièrement connectés.

Elle crie, la bouche ouverte, alors que ses membres se referment autour de moi.

Je la tiens dans mes bras, retenant mon souffle.

Shay ferme les yeux, respire profondément et ronronne comme un chaton heureux, tandis que je fais tournoyer mes hanches en petits cercles, la laissant s'habituer à ma taille.

Je baisse la tête et lui prends la bouche.

– Ça va, bébé ?

Je l'embrasse dans le cou, ma queue bien enfoncée en elle mais sans bouger.

– Je ne m'en remettrai jamais, dit-elle en gémissant doucement.

Puis elle enroule ses chevilles autour de mon dos, ses bras plus complètement autour de mon cou, et elle soulève ses hanches. Pour s'empaler sur ma bite jusqu'à la racine.

Elle plante ses ongles dans ma chair et elle semble traverser un état qui mêle à la fois plaisir et douleur. J'ai l'impression qu'une grande partie de nos ébats amoureux sera une combinaison des deux.

– Pussycat…

J'essaie de lui parler à nouveau, ma bite pulse et mon corps a besoin de bouger. Maintenant.

– Jamais plus, ça n'ira bien après ça. Rien ne sera jamais assez bien.

Ses lèvres traînent sur mon visage, sa langue sort pour goûter la sueur qui coule le long de mes joues.

Je souris contre son cou, je relâche mes hanches et je suis chez moi.

Elle gémit et chuchote :

– Aucun homme…

– C'est vrai, bébé.

Je pousse encore, mettant en place un rythme lent.

– Aucun autre homme que moi.

– Pas de meilleure queue.

Elle pose son front contre le mien.

– C'est ça. Uniquement ma queue. Tu es à moi maintenant, Shay. Dis-le pendant que je te baise.

Elle crie quand j'augmente le rythme, saisissant sa hanche. Mes doigts s'enfoncent pour obtenir un effet de levier.

Shay hoche la tête et se lèche les lèvres.

– Je suis à toi !

C'est tout ce que je voulais entendre. Je pousse un de ses genoux vers son épaule et je vais si profondément en elle que mon os pelvien s'écrase contre son clito humide.

Je sais que j'ai la bonne position quand ma femme hurle mon nom de biker encore et encore.

– Rex, Rex, Rex, Rex…

– Je m'appelle Taggart, Pussycat. Dans notre lit, tu m'appelles par mon nom. Seulement toi, Shay.

Je me baisse et presse mes lèvres sur les siennes.

– Admets-le pendant que je te baise jusqu'à ce que tu viennes sur ma bite : Taggart « Rex » Crawford, vice-président du Hero's Pride, vient de faire de moi sa femme.

Je me redresse, je regarde ma bite pénétrer sa chair rose et mouillée, encore et encore.

– Qui est ma femme ? je rugis en tournant le pouce autour de son clitoris.

Chaque coup de boutoir fait trembler le corps entier de Shay.

– Moi ! Je suis ta femme, Taggart. Je t'appartiens.

Je souris.

Satisfait, je baise ma femme jusqu'à ce que sa chatte m'enferme dans son paradis et que je me laisse aller dans sa chaleur. Je la revendique à l'intérieur et à l'extérieur, en paroles et en actes.

Shay O'Donnell est ma femme.

Chapitre 5

Shay

Je sens autour de mon sein une caresse légère comme une plume, qui remonte et traverse ma clavicule, puis se dirige vers le bas et autour de mon autre sein. J'ouvre les yeux, tourne la tête.

Rex, pas Taggart, est allongé sur le côté, appuyé sur un coude, la tête dans la main gauche, de sa main droite il fait courir son doigt le long de ma poitrine.

– Mmmmmm, je chantonne quand il passe de nouveau son doigt sur mon sein.

Ses caresses me donnent la chair de poule. Ses yeux brun doré rencontrent les miens. Il affiche un sourire éclatant, puis se penche et lèche ma peau.

Je soupire et m'étire, heureuse de ce réveil.

– Tu es si sensible. Même dans ton sommeil, tu réagis à mes caresses.

Il suce mon mamelon, titille la pointe avec sa langue et ses dents. Une décharge électrique me traverse le corps et fait réagir mon clitoris. Il sourit.

– J'adore, Pussycat. J'adore que tu deviennes folle dès que ma bouche se pose sur toi.

Je lève les yeux au ciel et l'empêche de s'attaquer à mon autre sein.

Il faut qu'on parle de cette histoire de « femme ».

En moins d'une seconde, Taggart est sur moi. Il me bloque avec son corps tout en me soulageant de son poids en posant ses coudes de chaque côté de moi.

– Inutile d'en parler. On a baisé toute la nuit, et tu t'es offerte à moi. Ça veut dire que tu m'appartiens. Tu es ma femme. Et je suis ton homme. Personne ne te parle mal. Personne ne te marche sur les pieds. Personne ne touche à ce qui m'appartient. Et ça inclut les enculés comme Gary, un client dans ton magasin et même les frères.

Je respire un bon coup et me lance.

– Je comprends ce que ça implique d'être ta femme, Taggart. J'ai été une biker princesse toute ma vie. Mais écoute-moi. Les mecs du club sont le cadet de nos soucis, ils sont formidables. Tu le sais très bien. Mais mon frère, Shane, c'est une autre histoire. Quant à mon père, ton Prez, il va péter un câble.

Taggart se penche pour m'embrasser. Et je participe activement à tel point que je l'entends gémir. Il glisse une main sous mon dos.

– Ne t'inquiète de rien, Pussycat, je m'occupe de tout.

J'enroule mes jambes autour de sa taille, mais il se redresse et s'assied sur le bord du lit.

– Tu sais que j'aimerais te baiser jour et nuit, mais j'ai « Church » dans une heure, puis une tournée des différents business de The Pride et un rendez-vous avec le shérif.

Je ne bouge pas de ses genoux, toujours nue. Comme un ver.

– Ça va être dur. Toi et moi…

Il sourit et bouge les hanches pour que je sente sa queue durcir.

– Tu as dit dur, Pussycat ?

Je secoue la tête.

– Sérieusement, tu sais que je ne peux pas être ta femme.

Il me soulève, pour me prendre.

– Grimpe là-dessus, il se trouve que j'ai encore envie de ma femme ce matin… Putain !

Je tremble de tout mon corps quand il m'écarte et que cette nouvelle sensation m'empêche presque de respirer.

– Tu es une déesse, dit-il en me soulevant et en me faisant redescendre sur sa queue.

Ma tête bascule en arrière, de sorte que mes cheveux touchent mes fesses et ses cuisses. Avant que je comprenne ce qui m'arrive, il saisit mes cheveux, les enroule autour de sa main. Il tire dessus si fort que je me cambre au maximum et qu'il prend totalement le contrôle de mon corps. Son autre main sur ma hanche, il commence un mouvement de va-et-vient qui me fait frissonner de plaisir. Je ne sens plus que lui. J'ai les mains posées sur ses épaules et je me sers de mes jambes pour me lever et me baisser sur sa magnifique queue. Je crie de plaisir chaque fois qu'il me pénètre.

– Tu es à qui, Shay ?

– Non.

Je secoue la tête, essayant de résister, mais je me sens partir un peu plus à chaque poussée. Je perds la raison devant tant de plaisir.

– Dis-moi que tu es à moi, Pussycat, murmure-t-il près de mon oreille.

– À moi les baisers.

Il m'embrasse entre les seins.

– À moi le plaisir.

Il prend mon sein dans sa bouche et le suce jusqu'à ce que je gémisse.

– À moi ton corps.

Il me soulève et me fait retomber sur son sexe, il lâche mes cheveux et me prend complètement dans ses bras.

– À moi de te protéger.

Il prend mon visage entre ses mains et me regarde dans les yeux en frottant son pouce sur mes lèvres abîmées par les baisers.

– À moi. Entièrement. Dis-le-moi… répète-t-il en me serrant étroitement contre lui.

Je suffoque et ferme les yeux.

– Et toi ? Tu es à moi ? Tes baisers, ton plaisir, ton corps… tout à moi ? je réponds en utilisant ses propres mots.

– Putain, ouais.

Il colle sa bouche à la mienne, et je me déchaîne, je me jette sur lui. La chaleur remplit mon cœur et se répand à travers ma poitrine, mes seins sont en feu. Il me baise fort et je crie.

La vague de plaisir qui me traverse prend le dessus sur toute pensée rationnelle, et la pièce disparaît derrière mes paupières qui se ferment quand je jouis. À son tour, Rex hurle de plaisir, se libérant au plus profond de moi. Nous nous écroulons l'un sur l'autre, tremblants et en sueur.

Quelques minutes plus tard, Rex fait courir ses mains le long de mon dos, son visage contre mon cou près de la marque qu'il a faite sur moi hier.

– Il n'y a pas moyen d'arrêter ce train, Pussycat. Tu dois monter à bord parce que je ne quitte pas la gare sans toi.

Ses paroles traversent mon cerveau, et l'incongruité de son analogie avec le train et la gare me frappe si fort que je pars dans un fou rire irrépressible.

Rex me caresse la tête pendant que je ris contre son corps nu. Je sens son sexe ramollir et glisser doucement hors de moi. L'instant d'après, il est debout, il me porte jusqu'à la salle de bains. Il ouvre l'eau de la douche, teste sa température et nous fait entrer tous les deux à l'intérieur.

* * *

Je viens à peine d'enfiler mes bottes ultra-sexy lorsque quelqu'un frappe à la porte.

– Hey, Rex, mon frère ! Allez viens, nous avons réunion dans dix minutes. Dégage celle que tu es en train de baiser. Il est temps de parler affaires.

J'entends avec effroi la voix retentissante de mon père à travers la porte. Dieu merci, il doit s'éloigner car la fin de sa phrase est à peine audible.

– Oh non !

J'ai l'estomac qui se retourne, un sentiment d'angoisse se propage en moi et je vois la mâchoire de Rex se crisper.

– Je lui dis, à la première occasion, dit Rex entre ses dents.

Je secoue la tête et me lève en vacillant sur mes talons de dix centimètres.

– Non, attends, s'il te plaît. Tout ça est très nouveau. Installe-toi à ta place de vice-président, montre-leur que tu es là pour rester et qu'ils peuvent te faire confiance, et ensuite – je hausse les épaules – on avisera.

Il secoue la tête et enfile un tee-shirt noir qui moule son buste tellement parfaitement que, je le jure, Rodin aurait pu le sculpter. Le corps de cet homme est une œuvre d'art. Une vague de chaleur me parcourt en repensant à toutes les fois que j'ai embrassé, sucé, léché chaque centimètre de ce corps parfait pendant la nuit que nous venons de passer.

– Je n'ai pas envie de mentir à mes frères et surtout pas à mon Prez, Pussycat. Je viens d'arriver, et commencer mon nouveau job par un mensonge n'est pas vraiment ce que je souhaite.

Je m'approche de lui et pose mes mains sur sa poitrine. Je sens son cœur battre contre mes paumes.

Juste quelque temps. Jusqu'à ce qu'on sache où nous allons ensemble et que tu aies pris tes marques au sein du club.

Je me hisse sur la pointe des pieds et l'embrasse sur la bouche, histoire de bien lui faire comprendre ce que je viens de lui dire.

– Vas-y. Je sors dès que je suis certaine que la voie est libre.

Il pointe le lit du doigt et ajoute avant de sortir :

– Ce soir, je te veux dans ce lit, Shay !

Je souris en mordant ma lèvre inférieure.

– Non, viens chez moi plutôt, c'est plus intime

Rex m'attrape par le cou et m'embrasse sur la bouche, le nez, le front.

– Envoie-moi ton adresse.

– Je n'ai pas ton numéro.

Il sourit.

– Moi, j'ai le tien, tous les frères l'ont d'ailleurs. Tu es notée à « Princesse » dans leur répertoire.

– Tu vois, je t'ai dit que ça n'allait pas être simple.

Rex ouvre la porte, me regarde des pieds à la tête et me fait un clin d'œil.

– Non, mais on va bien se marrer, ça c'est sûr. À plus tard, Pussycat.

Après son départ, je finis de me préparer et vais refaire le lit.

Je suis en train de m'affairer quand la porte s'ouvre sur Lacey.

Elle s'appuie contre le chambranle de la porte, une main sur la hanche et son expression de chienne sur le visage. Cette fille a vraiment toutes les caractéristiques de la salope.

– Tu le voulais pour toi toute seule ! se moque-t-elle.

Je passe ma main sur la couette rouge foncé pour en effacer les plis, et je finis de la border. Je ne pars jamais de chez moi sans avoir fait mon lit. Quand Rex verra le lit fait en rentrant tout à l'heure, il pensera à moi.

Putain de merde ! Est-ce que je veux vraiment qu'il pense à moi ?

– Rex ne t'a pas dit de dégager ?

Lacey soupire bruyamment en regardant son vernis à ongles à moitié écaillé. Je ne comprends pas pourquoi ce genre de filles met du vernis. Elles sont incapables de le garder net. Une seule écaille, et tout à coup, c'est d'une vulgarité sans nom ! Mais bon, cette fille est une vraie salope, je pense que la vulgarité est ce qu'elle recherche.

– C'est ce que j'ai fait, elle hurle. J'étais tellement excitée après avoir vu Rex torse nu que je suis allée sucer Champ. Comme tu m'as volé celui qui sera à moi un jour, j'ai dû trouver un autre moyen pour me détendre.

Je secoue la tête.

– Ne t'approche pas de Rex. Il ne veut pas de toi. Ça n'arrivera jamais. Si j'étais à ta place, je jetterais mon dévolu sur quelqu'un d'autre. Par exemple, un membre d'un autre club, ce serait idéal.

– Tu ne supportes pas la concurrence, dit-elle en se pinçant les lèvres et en adoptant une grimace que les filles dans son genre trouvent sexy.

– Qu'est-ce que tu racontes ? Qu'est-ce que tu fais encore là, d'ailleurs ?

– Écoute-moi bien, Princesse, dit-elle d'un ton perfide, cet homme sera à moi.

– Continue de rêver. Tout le monde doit avoir un rêve. Bon, maintenant, si tu dégageais ? Tu comptes rester dans les parages jusqu'à ce soir, histoire de te faire offrir un dîner par un des frères ?

Elle prend l'air choqué en portant les mains à son cou comme une jeune femme effarouchée du Sud. Ce qu'elle est loin d'être.

– Figure-toi que les frères sont nombreux à vouloir m'inviter à dîner. Ils savent que celui qui le fera passera une nuit qu'il n'est pas près d'oublier.

J'attrape mon sac pour sortir de cette pièce et descends l'escalier avec cette pute sur les talons.

– Parfait ! Il semble que ta journée et ta soirée sont planifiées. Amuse-toi bien.

– Je vais m'assurer de dire à ton papa que tu t'es occupée de son vice-président comme une bonne petite princesse motarde, elle ajoute en gloussant.

Je m'arrête sur le seuil de la porte. Je fais demi-tour en croisant les bras d'un air menaçant.

– Si tu parles de moi à mon père ou si tu insinues quoi que ce soit sur Rex et moi, tu vas le regretter. Tu penses que je n'ai pas d'influence ici ? Un mot à Mags, et tu es foutue. Juste d'imaginer que tu t'es approchée de son mari, et surtout pour balancer des conneries sur sa fille, et tu ne mettras plus jamais les pieds dans aucun club de motard sur tout le territoire.

Lacey frissonne en entendant le nom de ma mère. Elle est petite, mais c'est la reine des salopes. C'est elle qui choisit les filles du club. Rien que les meilleures pour ses garçons. La seule raison pour laquelle Lacey est toujours là, c'est que les frères sont accros à ses talents de suceuse et qu'ils ont convaincu ma mère de la laisser rester, à condition, bien sûr, qu'ils la gardent dans le droit chemin. Les autres filles du club sont géniales. Elles aiment baiser des motards sexy, boire et manger gratuitement, et savent faire la fête. Certaines d'entre elles travaillent dans les entreprises qui appartiennent au club pour gagner de l'argent. Mags dirige tout ça d'une main de fer. Elle ne supporterait pas qu'une des filles colporte des ragots sur sa propre fille. Elle lui casserait les genoux.

– S'il te plaît, ne dis rien à ta mère. Je vais laisser tomber, chuchote-t-elle.

Ses yeux balaient la pièce de gauche à droite pour s'assurer que personne n'est là pour entendre notre conversation, surtout pas ma mère.

– Très bien, nous avons donc un accord. (Je lève la main et lui fais un petit signe d'adieu.) À plus tard, salope.

Je souris et je me dirige vers ma Harley-Davidson. Sexy comme l'enfer. Toute noire et tout à moi.

J'enfourche mon joli bébé, j'allume le moteur et pars sur les chapeaux de roues. Lacey et ses conneries disparaissent dès que je sens le vent sur mon visage. J'arrache l'élastique qui me tient les cheveux et laisse dame nature me servir de sèche-cheveux.

Vivez intensément… Roulez libres !

C'est notre devise, et je la vivrai tous les jours jusqu'à mon dernier souffle. Ce qui pourrait arriver bientôt si mon père entend le moindre mot à propos de Rex et moi.

Il faut que je parle à Mags.

Chapitre 6

Rex

Je me dirige à pinces jusqu'aux portes de l'Église et m'assois à côté de Riot. Le Prez fait encore crisser le gravier alors que le reste des frères ont déjà rejoint leur place autour de l'énorme table en bois sculpté. Les mecs importants s'installent en face et à côté de Riot.

La table est faite d'au moins dix longues planches de bois, façon table de pique-nique, mais celle-ci est très longue, de la taille d'un bel arbre. Plus de vingt frères bien costauds s'y tiennent à l'aise, chacun d'eux assis dans un fauteuil de cuir à roulettes assez large pour le confort de leur corpulence imposante. Bien mieux que ce que nous avions en Californie. Là-bas, nous étions serrés autour d'une banale table de conférence avec le logo du club sur une nappe pour cacher sa surface ternie. Ici, la tête du lion et sa généreuse crinière sont travaillées au fer rouge directement dans l'épaisseur du bois. Sa gueule ouverte rugit comme si elle allait bondir hors de la table, prête à avaler la tête du premier venu. À n'en pas douter, celui qui a fait ça est un artiste. HERO'S PRIDE est gravé au-dessus de la tête du lion et OREGON en dessous.

Le quartier général du club, le seul dans tout l'Oregon, est situé à Grants Pass, ce que, jusqu'à présent, aucun biker de l'État n'a osé contester.

– Bien, les mecs, installez-vous.

Riot fait un grand geste de la main et l'assistance se calme.

On a pas mal de trucs à voir aujourd'hui, mais rien de plus important que l'attitude à adopter envers Gary, l'ex-petit copain de mon bébé.

Je me redresse alors pour m'asseoir plus droit sur mon fauteuil.

– Je me suis déjà occupé de ce connard, dis-je dans ma barbe, les poings bien serrés. En voilà un qui devra respirer par la bouche pendant un bon moment.

Riot acquiesce d'un signe de tête, mais il se mord les lèvres et devient tout blanc.

– Pas suffisant ! On l'a entendu grogner dans un bistrot, disant qu'il allait se venger de ce, je cite, sportif sans cervelle et gonflé aux stéroïdes qui se déplace sur deux roues.

Je vois rouge. Je me lève en envoyant valdinguer mon fauteuil contre le mur derrière moi. Je hurle :

– Putain, je vais le tuer, ce mec !

Plusieurs autres frères se lèvent également, frappent leur poitrine du poing et profèrent quelques insanités de leur cru.

– Merde, on parle de ma sœur ici, c'est à moi de m'en charger ! se vante Shane, connu aussi sous le nom de Whip, devant tout le club.

Je dois me mordre la langue jusqu'au sang pour laisser passer cette réponse. Oui, on parle de sa sœur, et, comme personne ne sait qu'elle a un mec, ce serait son droit d'agir en premier. Sauf que… ce n'est pas à lui de le faire, parce que désormais, elle est « ma » chérie et c'est « mon » boulot de la protéger de tous les dangers.

– Posez vos culs sur vos fauteuils, tous autant que vous êtes ! s'écrie Riot en tapant du poing sur la table.

Son regard croise le mien, puis il fronce les sourcils comme s'il me dévisageait pour un autre sujet.

– J'ai aussi besoin de savoir ce qui se passe en Californie.

Je serre les dents et me décoince le cou en balançant la tête à droite et à gauche pour faire tomber la tension. Voici l'opportunité de vider mon sac. Si je voulais absolument m'éloigner de mon père et de mes frères, c'est que les embrouilles dans lesquelles ils trempent ne pouvaient plus continuer.

– La merde avec Gunner ? demande Champ.

Son air concerné adoucit son visage rude.

– Ouais, le club ne va pas fort là-bas, je réponds en mettant les mains derrière la tête, c'est la vraie raison qui m'a fait foutre le camp. Je voulais tracer ma propre route, c'est ce qui m'a poussé à venir chez vous.

– Et nous sommes heureux que tu aies choisi un club frère, mais, dis-nous, qu'est-ce qui se passe en Californie ?

– Ça fait chier, les mecs, ça ne sent pas bon, je réponds en soupirant. Mon père… merde ! Il fait du trafic d'armes, et sans doute de drogue, avec le Mexique.

– Bordel de merde ! s'exclame Tank en tapant du poing sur la table. Ce connard peut tous nous foutre dans le pétrin ! La réputation de notre club comme garant de l'ordre dans cette région a un vrai sens pour nous, ajoute-t-il en hochant la tête et croisant les bras.

– Mais… à quoi pense-t-il, putain ? ajoute Whip, la voix pleine de colère, l'air furieux et la bouche pincée.

– L'argent, le profit, le pouvoir… lance Cricket, l'aîné des frères.

Il a raison.

Ça me fout les boules de l'admettre. Ça fait un moment que j'avais envie d'en parler, mais je ne pouvais pas. C'est un fait, mon père est passé de l'autre côté de la barrière, je ne peux plus cautionner ses embrouilles et je ne veux plus en faire partie.

Je me passe les mains sur le visage, je dois regarder la vérité en face :

– Il est au fond du trou. La moitié du club est prête à se révolter, quant à l'autre moitié, elle ne voit que l'argent qu'il rapporte. Un sacré paquet. Difficile de s'en détourner quand tu es un ancien combattant à la retraite ou un petit fonctionnaire. Ce n'est pas comme en Oregon, ils ne font pas assez de business pour se donner à eux, à leurs chéries et leurs enfants, la vie à laquelle ils aspirent. C'est le moyen que mon père a trouvé pour remédier à ce manque.

– Un moyen à la con, lâche Hammer. Ils n'essaient même pas de s'en sortir par eux-mêmes. Tout ce qu'on a, nous, on s'est battus pour l'avoir, on s'est saignés aux quatre veines, on s'est bougé le cul pour former une famille. Il n'y a pas un seul frère ici qui ne mérite pas ce qu'il a, d'une façon ou d'une autre.

Je reste silencieux, mais j'approuve d'un signe de tête. Je viens de partager ce qui avait besoin d'être dit. C'est maintenant au tour du club de prendre des décisions sur la suite des événements. Impossible qu'un homme comme Riot laisse passer ce genre de trafic sans réagir, au risque de ternir l'image de marque du Hero's Pride MC.

Riot lève la main pour demander le silence. L'homme a le respect de tous, car lui-même respecte chacun. Tous les frères se calment, attentifs à la parole de leur Président :

– Je vais prendre de plus amples renseignements et creuser davantage cette affaire. On connaît un détective privé à qui on peut s'adresser dans un cas aussi emmerdant. On va sans doute avoir besoin du vote des autres clubs pour engager une action de longue durée, mais avant tout, j'ai besoin de plus de précisions, ensuite je veux parler à Gunner en personne pour voir si je ne peux pas le ramener à la raison pour les activités du club.

Je ne peux retenir le soupir de soulagement qui s'échappe de mes poumons.

– Je t'en serais vraiment reconnaissant, Prez.

J'ai beau remercier Riot, la rage contre mon père et la merde avec Gary, l'ex-connard de Shay, me restent chevillées au corps.

Riot me fait un signe amical, mais ses yeux bientôt regardent dans le vide et ses mâchoires se crispent :

– Maintenant, revenons à Gary. Comment chasser ce guignol loin de la ville et de mon bébé ? Je suis fou de rage qu'il ait pu lever la main sur elle. Aucun homme, même en colère, n'a le droit de lever la main sur ma fille, votre princesse. Je suis prêt à faire payer cette petite merde… et pour toujours ! Il doit disparaître de cette ville, disparaître de cet État !

– C'est comme si c'était fait, je grogne à voix basse.

La haine me revient avec force.

Je pose mes deux mains bien serrées sur la table. Il y a une chose que je veux plus que tout : foutre un nouveau bon coup de poing dans la gueule de ce Gary.

– Pourquoi tiens-tu tellement à t'occuper de ça ? me demande Riot en se tournant vers moi.

Les genoux écartés, il s'enfonce plus confortablement dans son fauteuil et me regarde d'un air inquisiteur. Il ajoute :

– Dis-moi, tu as l'air très vénère. C'est vrai, je n'oublie pas que tu es le nouveau vice-président et que tu te fais un devoir de soutenir tes frères, mais n'y aurait-il pas autre chose ?

Je me lèche les lèvres en passant ma main sur mon menton barbu et je me lève. C'est le moment, il fallait bien qu'il arrive. Les affaires de mon club, c'est fait, on en a parlé. Malgré ce qu'en pense Shay, je ne peux pas mentir à mes frères et surtout à mon Président. C'est un truc qu'on ne fait pas dans un club de bikers. Jamais. Je croise les bras, regarde chacun des frères dans le blanc des yeux et me retourne vers le Président.

Avec un engagement aussi déterminé que celui que je ressens au fond de mon âme, je prononce les mots qu'ils ont tous besoin d'entendre :

– J'ai demandé à Shay O'Donnell de devenir ma chérie.

Whip bondit de son fauteuil, ses cheveux chatain en broussaille éparpillés sur son front tandis qu'un éclair de colère traverse son regard vert. Il se précipite sur moi et plaque mes cent vingt kilos contre le béton du mur avec une telle force que ma tête cogne d'un coup sec. Je vois trente-six chandelles et une vive douleur me broie le crâne.

– Espèce de petit salaud, tu es en train de parler de ma putain de sœur ! C'est une princesse. Elle. Est. Intouchable.

Il me hurle dessus, son bras musclé plaqué contre mon cou avec une telle force que j'ai du mal à respirer. Le mec a visiblement appris un ou deux trucs à l'armée.

Juste derrière lui, j'aperçois une rangée de frères prêts à soutenir Whip et à défendre l'honneur de Shay.

J'ai beau me débattre, rien à faire, tout juste si j'arrive à enrouler mes doigts autour du bras de Whip afin de prendre une ou deux respirations.

– Elle est à moi, je grogne en le regardant bien en face, les yeux exorbités et les dents prêtes à mordre dans sa chair.

– Je t'emmerde, va te faire foutre ! Tu n'es qu'un minable ! hurle-t-il en plaquant plus fort son bras contre mon cou. Personne n'est assez bien pour elle. Tu es un homme mort, frère !

Il crie, le visage plein de mépris, en écrasant son bras toujours plus fort contre ma trachée.

Avant que j'aie pu réagir, il m'assène un violent coup de genou en plein dans les couilles.

– Pu… tain ! je hurle à mon tour, plein de douleur et de fureur.

– Laisse-le tranquille, dit soudain une voix ferme et stoïque près de nous.

Par manque d'oxygène, ma vision avait commencé à s'assombrir. Mes couilles me font un mal de chien, mais je tiens le coup, droit sur mes jambes. Un homme digne de Shay n'a pas le droit de faiblir. J'aurais sans doute pu me battre avec plus d'agressivité, mais son frère a droit à certains égards. Après tout, c'est sa sœur que je demande. Sa jumelle. La princesse du Pride.

– J'ai dit : Laisse. Le. Tranquille.

Cette fois, je vois clairement les doigts du Président agripper les épaules de son fils en essayant de l'éloigner de moi.

Whip finit par me lâcher, non sans m'avoir encore violemment poussé contre le mur. Une nouvelle fois, ma tête cogne contre le béton.

– Oh, putain…

Je passe une main derrière mon crâne. Même si je sens un œuf de la grosseur d'une balle de base-ball, je vais survivre.

Les frères me toisent, prêts à sauter sur moi au moindre signal du Président.

Riot lève la main pour arrêter tout le monde, ses yeux noirs comme la nuit me fixent.

– On dirait que nous sommes devant une situation toute nouvelle. Un genre auquel nous n'avons jamais eu à faire face auparavant, annonce-t-il d'une voix effroyablement calme.

– Ouais, l'excommunication d'un frère, répond Whip en crachant sur mes bottes et en montrant ses dents comme un coyote enragé.

Le Président m'attrape par les épaules et me les comprime jusqu'à me faire mal. J'ai beau serrer les dents, je ne peux empêcher un mouvement de recul. Il me pousse jusqu'à mon fauteuil.

– Assieds-toi.

Je m'exécute sans broncher.

– Tout le monde, à vos places ! C'est votre frère, votre vice-président, il a le droit d'être entendu.

Une fois tous les frères assis, je tousse pour éclaircir ma voix tout en massant la chair que Whip a méchamment meurtrie. Quand je commence à parler, on dirait que j'ai passé mes cordes vocales à la râpe à fromage, à cause des dégâts qu'il a fini par me faire. En remettant mes couilles désormais enflées et douloureuses à leur place, je ne peux m'empêcher de faire une grimace.

En voyant ma gêne, Whip esquisse un sourire plein de satisfaction.

– De là où je viens, on t'en aurait fait davantage, connard, me dit-il, l'air narquois.

– J'ai compris. Je l'ai mérité. J'ai mérité tout ce que The Pride décide de me faire subir. Mais rien ni personne ne me fera changer d'avis. Shay est à moi. Shay est ma femme à partir de maintenant.

– Et comment est-ce arrivé ? demande calmement le Président, comme si nous avions une petite conversation du dimanche en nous promenant dans le parc, à la manière d'êtres humains ordinaires et civilisés.

Pourtant, je ne me fais aucune illusion sur ce regard sombre et ce ton de voix apparemment calme. Intérieurement, l'homme est comme une bouilloire sur le feu, il est prêt à exploser à tout moment.

– Je suis passé à sa boutique pour faire coudre mon écusson.

Je jette un regard en direction de Cricket qui acquiesce de la tête en souriant comme un vieux barjot. Il est clair qu'il s'amuse de la merde dans laquelle je patauge. Rien n'y fait, je continue :

– Poser mes yeux une seule fois sur elle, il ne m'en a pas fallu davantage. Je suis tombé amoureux tout de suite.

– Foutaise ! Tu as juste besoin d'un cul, insiste Whip, et ma sœur n'est pas un cul !

– Sûrement pas ! Et je saignerai à blanc celui qui osera lui manquer de respect en la considérant de cette façon.

Le grognement qui sort de ma bouche ne laisse place à aucune équivoque. Mon côté mâle de base est prêt à sortir de ses gonds, mais je fais tout pour rester aussi calme que possible.

– Elle est la plus belle femme sur laquelle j'ai jamais posé mes yeux. C'est elle le putain de soleil. La lune. L'univers tout entier. Mon cœur, ma vie.

Je frappe ma poitrine avec force, là où se trouve ce truc qui bat pour elle.

– Je ferai n'importe quoi, je supporterai n'importe quelle situation que vous, mes frères, aurez envie de me faire subir pour le lui prouver et vous le prouver. Je vais faire tout ce qui est en mon pouvoir pour la rendre heureuse et personne, pas même l'un de vous, ne pourra se mettre au travers de mon chemin.

La bouche de Riot se contracte sous l'effet de la colère, ses narines, elles, se dilatent, on dirait un taureau prêt à charger, mais non, il pose simplement sa main à plat sur la table. Tous les frères retiennent leur souffle en attendant ce qu'il va dire.

– Tu réclames mon bébé ou tu l'as déjà eue ?

Ses mots sont francs et directs, un mensonge ne peut les trancher.

– Comme je l'ai dit, je la veux.

Sa respiration est lourde et semble bien trop sonore à mesure que le silence se fait dans la pièce. J'arrive même à percevoir le grattement des bottes de l'un des frères sur le plancher au moment où il se redresse.

– Ce qui veut dire que tu as couché avec elle, ajoute Riot sur un ton neutre, sans laisser paraître la moindre émotion.

Je suis littéralement pétrifié.

– Oui, je l'ai fait, je réponds en avalant ma salive, d'une voix aussi claire que possible pour quelqu'un qui a la gorge en feu.

Sa main sur la table, maintenant, n'est plus qu'un poing crispé, il tourne dans son fauteuil, soulève son bras et me frappe à la mâchoire si fort et si vite que mon corps chancelle sur le côté sous l'effet du coup. On dirait qu'une masse m'a violemment cogné en plein visage, pas le poing d'un homme.

– Tu vas te prendre le poing de tous les frères présents dans cette pièce, partout où ils veulent te faire sentir le manque de respect que tu as eu envers notre princesse. Si tu respires encore après ça, j'inscrirai personnellement le nom de ma fille sur ta poitrine au fer rouge, juste en travers du cœur que tu prétends lui avoir donné. Alors, tu saigneras pour elle, tu te sacrifieras pour elle. Tu vas littéralement BRÛLER pour elle !...

Sa voix hurle maintenant avec une telle force que mes oreilles bourdonnent.

Merde. Cette fois il en appelle à l'épreuve de force et à la garde d'honneur.

– ... Et ensuite, si tu es toujours conscient, tu seras pardonné. Avec toujours la menace que, si jamais, au grand jamais, tu touches au moindre de ses cheveux ou au moindre petit doigt rose de mon bébé, tu regretteras amèrement d'avoir réclamé ma fille, la princesse régnante de The Pride. Tu m'as bien compris ?

Il attrape alors mon menton et le secoue vigoureusement, son visage rouge de colère est pratiquement collé au mien.

– Qu'il en soit ainsi, je réponds dans un souffle, la mâchoire serrée, en le regardant fixement jusqu'à ce que ce beau salaud me gratifie d'un sourire grinçant.

– Mais, pour l'instant, on va faire un tour et voir Gary. Demain, à la tombée du jour, tu affronteras à l'ire de tes frères et tu devras combattre pour l'honneur de Shay.

– Je me mettrai sur mon trente-et-un, j'ose plaisanter malgré la situation pour le moins tendue.

Ces mecs peuvent me tuer s'ils le décident. Surtout un homme comme Champ qui, dans le passé, a été un professionnel de free fight couronné de nombreux titres, ou comme Tank, qui est aussi costaud que son nom le suggère.

– C'est un rencard, bel enfoiré, ajoute Riot avec un grand sourire forcé. Maintenant, en route, comme des frères, et que personne ne s'avise de lever un doigt sur le vice-président jusqu'à demain ! On est tous d'accord sur ce point ?

Plus de vingt « ouais ! » viennent s'ajouter au mal de crâne qui s'est installé dans ma tête depuis qu'on me l'a cognée contre le béton et qu'un coup de poing m'a démoli la mâchoire.

– Motion approuvée. À nous le bitume !

Chapitre 7

Shay

– Pourquoi tu n'as rien dit, ni à ton père ni à moi, quand Gary t'a frappée ? me demande ma mère d'une voix pleine de dédain et légèrement exaspérée.

J'attrape quelques foulards rouge et blanc couverts de têtes de morts et de tibias croisés. Je viens de les étiqueter avant de les accrocher sur un présentoir et commence à les disposer de la meilleure façon possible afin de les mettre bien en valeur. Je lâche un grand soupir.

– Ce n'était pas si terrible que ça. En plus, c'était plutôt une grosse tape du revers de la main qu'autre chose et je me suis barrée tout de suite en plantant ce connard là où il était.

– Excellent Shay-la-la, mais là n'est pas le problème. Je suis contente que tu aies pu te défendre toute seule en foutant le camp sans te laisser impressionner. C'est tout à fait ce que ton père et moi t'avons appris en grandissant, mais tout de même, mon poussin, tu as aussi été élevée en princesse biker. Tu ne dois pas te faire traiter comme ça par un homme sans en parler à ton père, à moi ou à l'un des frères. Ton honneur, c'est ton honneur. Ne va pas maintenant t'étonner si on en arrive à un point critique… me prévient Mags.

Je me retourne brutalement et, les mains sur les hanches, je réponds :

– On s'en est déjà occupés.

Mags dodeline de la tête et s'affaire dans ma boutique en remettant en place ce qui a été déplacé par les clients.

– Ce n'est pas comme ça que ces trucs-là fonctionnent. Ce que tu sais parfaitement, comme tu sais que le soleil se lève tous les matins et que la lune revient à sa place toutes les nuits. Ton père (elle fait une grimace), les frères (elle hausse les épaules), ils ont leur façon de faire.

– Mais… Rex a déjà fait ce qu'il faut pour Gary. Il lui a bien écrabouillé le nez et l'a plaqué contre le mur en lui serrant le cou. Je suis certaine qu'il a parfaitement compris la leçon, m'man.

Ma mère esquisse un sourire et fait un signe de la main, comme si je n'étais pas concernée.

– Sans doute… mais ton père et The Pride ont d'autres idées en tête.

– Mon Dieu, m'man… je ferais mieux d'aller faire un tour là-bas pour m'assurer qu'ils ne sont pas en train de le tuer.

– Shay, nous ne tuons pas les gens, me répond-elle en se mettant la main sur la poitrine. Tu le sais parfaitement, pourquoi imaginer le contraire ? Mais The Pride protège les siens et tu en fais partie. Gary s'est mal conduit envers ce qui appartient au club. Les conséquences sont telles qu'il doit comprendre toute l'étendue de sa transgression.

Pour le moment, je me contente de prendre de grandes bouffées d'air. J'ai le temps de compter jusqu'à dix avant de recommencer… Au fond de moi, la révolte gronde. Je serre les dents tout en frappant ma cuisse vêtue de cuir.

– C'est de la folie !

Le dernier truc dont j'ai envie, c'est de voir mon père péter un câble ou se faire mettre en prison à cause de ce connard d'ex. Ce mec qui a déjà reçu un sérieux avertissement.

– Que veux-tu, c'est ça la vie de biker, me répond ma mère en haussant les épaules.

Elle n'a pas tort. Quelqu'un a foutu le bazar dans le club et le club doit lui rendre la monnaie de sa pièce. Cette fois, c'est même pire, parce que je suis la fille du Président. J'ai été élevée parmi ces hommes, ils sont ma famille depuis que je suis née. En apprenant que j'ai été violentée par un vendeur de voitures qui n'est qu'un pauvre poivrot, ils ne vont pas rester sans broncher.

Merde. Que vais-je faire maintenant ? Apparemment, Mags n'a pas l'air très concernée.

– Pensons à autre chose…

J'ai à peine commencé à parler que ma mère m'interrompt.

– Oui, c'est ça.

Ses yeux bleus, de la même couleur que les miens, brillent de tous leurs feux.

– Que penses-tu du nouveau vice-président ? Tu as probablement déjà dû le rencontrer à l'une des réunions du club…

– En fait, non. C'est quand il est venu à la boutique faire coudre son nouvel écusson par Cricket que je l'ai vu pour la première fois.

– Un rêve, tu ne trouves pas ? me dit-elle, en s'éventant de façon exagérée. Toutes les filles du club gloussent comme des poules pour savoir qui va l'avoir la première.

Soudain, je sens perler la sueur sur ma peau comme si j'étais restée dehors par trente-huit degrés dans la torpeur d'un mois de juillet.

– Moi, je parie sur Trixie, continue Mags. Elle est douce, c'est comme ça qu'ils les aiment, ce genre de types baraqués, douces. Mais il y a fort à parier que Lacey ne manquera pas de lui sauter dessus dès qu'elle en aura l'occasion.

J'ai l'impression que ma peau s'enflamme et je serre les dents de toutes mes forces en pensant que l'une des filles du club pourrait goûter à mon mec.

Merde.

Mon mec.

Et il l'est. C'est même la raison pour laquelle j'ai besoin de parler avec Mags. J'ai besoin de son aide. J'ai besoin de savoir quoi faire. Impossible pour Rex de revenir en arrière, même si ce serait préférable pour lui.

Les types comme lui, je parle des frères, ne sont pas du genre à réclamer une femme pour ensuite décider tout à coup qu'ils n'en veulent plus. Quand tu deviens une « chérie », tu l'es à vie, point barre. Fin de l'histoire. Impossible de relancer les dés, pas de deuxième chance. À moins de tricher, de faire un truc grave contre le club ou d'être une belle salope, et, même dans ce cas, ça peut marcher si c'est le truc du frère avec qui tu es. Tu es « réclamée » ? Tu deviens « propriété du frère » et tu as intérêt à porter haut cet insigne. Tu as intérêt à être fière de cet honneur devant The Pride et le reste du monde avec ton cul bien planté à l'arrière de la bécane de ton mec.

– Cette Lacey ferait mieux de faire gaffe, je marmonne entre mes dents.

Mags fronce les sourcils et croise les bras sur sa poitrine tout habillée de cuir. Elle a de gros seins bien lourds, mais elle sait les mettre en valeur parce que c'est comme ça que mon père les aime. Mettre en avant ses avantages. Elle est volontairement provocante avec ses jeans ultra-serrés pour montrer au mieux son cul, ce qui rend compliqué l'accès à son triangle intime… la moitié du « fun » selon elle. Cela dit, m'man porte souvent des petites robes aguichantes parce qu'elle veut sentir les mains de mon père la tripoter tout le temps. Je l'ai compris depuis longtemps… mon père est un chaud lapin. En tant que femme, je comprends tout à fait ce qui, chez lui, attire le sexe opposé. Imposant, dominant, une barbe rase poivre et sel, avec des cheveux bien épais de la même couleur qui lui retombent en boucles dans le cou, mon père est un homme au sourire éclatant qui fait fondre les femmes.

– Tu penses qu'elle n'est pas celle qu'il faut à cet accro de motos ? Alors, disons plutôt Trixie, me répond-elle en tapotant ses ongles fuchsia sur ses lèvres. Je vais lui donner quelques bons petits conseils pour s'habiller sexy ce soir et peut-être qu'elle remportera le morceau.

– Non ! Même pas en rêve, m'man.

Je crache mon venin avec un tel sérieux que ma mère, surprise, esquisse un mouvement de recul. Elle me dévisage longuement et se redresse, toute songeuse :

– Et pourquoi pas… Shay-la-la… murmure-t-elle dans un sourire plein de malice.

– Parce que j'ai déjà couché avec lui. Parce qu'il est « à moi », je réponds entre mes dents.

Un large sourire traverse son visage :

– Pas possible !

– Ouais, je suis la chérie du nouveau vice-président.

Ma mère en reste bouche bée, on dirait qu'elle va avaler une mouche. J'ai l'impression que ses yeux vont sortir de leurs orbites. Elle cligne des paupières pendant un bon moment sans dire un mot.

– Sa chérie ? Tu es en train de me dire que Rex Crawford t'a demandée ? balbutie-t-elle enfin.

Je fais oui de la tête, jette mes cheveux derrière mes épaules et rappelle les règles :

– Tout à fait ça. Ce qui veut dire, pas de fille du club, pas question de traîner à droite et à gauche et plus de salopes d'aucune sorte, tu m'as bien comprise ?

À son tour, Mags opine du chef encore et encore, l'air perdu, avant de frapper soudain sur sa poitrine :

– Mon Dieu ! Mon bébé a été demandée ! C'est encore mieux que la fois où tu es devenue femme en perdant ta virginité, s'écrie-t-elle avant de continuer en s'excitant un peu trop. Mon Dieu, mon Dieu ! Oh là là… j'ai hâte de dire ça à ton père, il va être…

Tout à coup, elle s'arrête net, en plein milieu de son enthousiasme, quand nos regards se croisent. Elle sursaute et sa voix soudain descend à la cave :

– Il va être dans une colère terrible. La douce Harley va turbiner à fond. Il va en perdre la raison, lui d'habitude si calme.

– C'est bien là où est le problème, je réponds en levant la tête vers le ciel pour prier Dieu de me venir en aide.

– Oh que oui ! Il va falloir jouer serré. Beaucoup d'alcool et pas mal d'inventivité. Ouais… beaucoup d'inventivité, me dit-elle, énigmatique, en marchant vers la partie de la boutique cachée derrière un rideau de perles (là où je garde les « jouets » et autres attirails pour adultes pour le cas où les nanas des bikers en aient envie quand elles viennent faire du shopping avec eux).

J'emboîte le pas à ma mère vers le rideau.

Elle le soulève, se dirige tout droit vers les « jouets » et, vite, attrape un martinet.

– Oui… je vais avoir besoin de ça. Et…

Sa voix baisse jusqu'au moment où elle prend un masque, le genre que l'on met quand on veut se protéger du soleil, ici c'est plutôt pour des petits préliminaires.

– Euh… et puis aussi une comme ça.

Elle attrape alors une longue plume en se mordillant les lèvres et jette un coup d'œil alentour avant de bien détailler les étagères.

– Tu penses que le sexe va arranger les choses avec papa ?

Ma mère se retourne vers moi et me regarde comme si des cornes de diable avaient poussé sur ma tête.

– Oui, ma chérie. Le meilleur atout dont tu disposes en tant que femme est le trésor que tu caches entre tes cuisses. Les bikers n'aiment pas qu'on les prive de leur miel. Ils n'aiment pas ça du tout. Et donc, quand une situation se présente où tu as besoin de toute l'écoute de ton homme, tu fais ce que tu as à faire.

– M'man, c'est de la pure manipulation par le sexe.

– Tu ne peux pas mieux dire, me répond-elle en me tapant dans le dos, puis elle repasse le rideau de perles et va déposer ses trucs sur le comptoir.

Je la regarde faire, fascinée, pendant qu'elle continue ses recherches dans le rayon lingerie. Elle porte son choix sur le plus coquin des dessous en dentelle, une sorte de combinaison de pilote ajourée à l'endroit des tétons et de l'entrejambe avec un nœud, façon paquet-cadeau, juste au-dessus des fesses.

– Voilà qui ira parfaitement avec mes rondeurs.

Elle avise ensuite une autre combinaison en satin bleu royal avec un petit travail de dentelle noire sur les ourlets et le corsage. Un dessous tout à fait adorable en comparaison de son premier choix.

– Et puis celle-ci pour le deuxième round. Après l'avoir bien malmené, je pourrais le prendre plus en douceur et en caresses pendant que je lui dirai qu'il n'a pas le droit de tuer son nouveau vice-président qui, de plus, a déjà demandé sa seule et unique fille.

Je respire un bon coup et lui réponds doucement :

– M'man, je trouve ça bizarre.

– C'est ça la vie, mon enfant.

– Non, ce n'est pas vrai.

– Shay-la-la, pour une femme de biker, si. Maintenant, fais-moi le total.

– Maman, pour toi, c'est gratuit. Souviens-toi de mon avance sur héritage, mais je ne t'ai pas demandé de venir ici pour que tu planifies un marathon sexuel avec papa.

J'ai un petit coup de mou et j'ai besoin de rejoindre le comptoir pour m'adosser. Cette situation compliquée a fini par avoir raison de moi.

– J'ai besoin de ton aide pour tout ça. Je ne sais même pas comment être une vraie chérie. La voici bien seule, la chérie du nouveau vice-président du club, surtout si mon père, mon frère et tout The Pride se mettent à tabasser Rex, voire à le tuer ! Dans les deux cas, ça ne sent pas bon, maman.

– Mon bébé, tu n'as aucune raison d'avoir peur, me dit-elle en me serrant fort dans ses bras. Tu vas devenir une femme formidable parce que tu as tout appris avec les meilleurs. Et puis, mon cœur, je serai toujours là pour t'aider et te guider. Toujours.

Je me blottis dans le creux de son cou et m'enivre de son parfum aux accents de rose mélangé à l'odeur du cuir qu'elle porte, un signe de son appartenance à The Pride et plus encore, à son Président.

Sa main me caresse les cheveux et, lentement, je sens que je m'abandonne. J'ai passé toute ma vie dans ce club, il n'y a pas grand-chose que j'ignore à propos de ses membres. Ils m'aiment, je les aime, c'est la moitié du combat d'une vraie femme. Même les filles du club sont cool avec moi, sauf Lacey l'insipide, bien entendu. Putain, cette salope a intérêt à foutre le camp du club au plus vite. Elle n'arrivera jamais à prendre un frère dans ses filets, ils ne sont pas du genre à ramener les filles du club chez eux. Ils les baisent sur place et les partagent avec les autres frères ou d'éventuels visiteurs pendant les parties fines. J'en tremble à l'idée que Rex puisse y participer.

Attend-il de moi que je le laisse s'amuser avec les filles du club si je suis avec lui ?

Je sens une boule de la taille du Texas se nouer dans mon estomac. Beaucoup des chéries s'en arrangent. Tant que leur mec leur est dévoué et rentre à la maison pour la nuit, elles n'y voient pas d'inconvénient. Jusqu'à présent, je n'ai jamais considéré ça comme une possibilité. C'est leur façon de vivre leur relation, leurs concessions. Pas pour moi, merci. Maintenant que je suis avec Rex, je serai toutes griffes dehors si jamais l'une de ces filles s'avise à le toucher, ne serait-ce qu'avec un seul de leurs ongles vernis.

– M'man, je peux te poser une question ?

– Tout ce que tu veux, mon bébé, tu le sais très bien.

Elle se recule, mais me garde à distance de bras.

– C'est plutôt intime, ne te sens pas obligée de me répondre si tu n'en as pas envie.

J'essaie de lui laisser toute liberté, même si je brûle d'avoir une réponse. Elle soulève ses sourcils et son regard s'adoucit.

– Dis-moi, de quoi s'agit-il ?

J'avale la boule que j'ai dans la gorge et je me lance :

– Est-ce que tu as laissé papa, euh… participer à… euh, tu sais ce que je veux dire.

Je fais de grands gestes avec la main pour essayer d'avoir l'air cool, mais je me vautre misérablement.

– Essaies-tu de me demander si j'ai laissé ton père s'amuser avec les filles du club ?

– Ouais… j'arrive à répondre en lâchant la respiration que je retenais depuis un moment.

En l'espace d'une seconde, son visage entier passe de celui d'une femme épanouie flirtant avec la cinquantaine à celui d'une femme en colère et très contrariée.

– Putain, certainement pas, cette bite m'appartient !

Sous l'effet de sa brutale mauvaise humeur, le sang lui monte au visage et jusque dans le cou.

– Jamais il ne trempe sa queue dans un autre minou que le mien.

– Comment peux-tu en être certaine ?

Je me sens mal à l'aise d'avoir osé poser une telle question, c'est de mon père dont on parle. En plus, il est aussi Président et elle est la reine du club !

– Mon bébé, tout ce que tu as à faire, c'est de définir clairement les règles dès le départ entre ton homme et toi, me dit-elle avec un sourire sensuel et sexy. Mais attention, à toi d'être capable de le sa-tis-faire régulièrement. Tu vois ce que je veux dire ?

J'approuve d'un hochement de tête.

– Je suis aussi la femme qui surveille les filles. C'est à moi de m'assurer qu'elles servent la bière de mon homme, sa nourriture, qu'elles soient agréables à regarder, mais jamais, je dis bien, jamais, elles ont le droit de toucher à ce qui m'appartient. Non seulement je les foutrais à la porte du club sur-le-champ mais elles pourraient aussi perdre une main par la même occasion.

Elle hausse légèrement les épaules comme si ce qu'elle venait de dire n'avait pas grande importance, alors qu'au contraire, elle est la plus sérieuse du monde.

– Waouh ! M'man, tu es un peu mon héros.

– Ne te fais pas de souci, ma chérie, me dit-elle avec un large sourire, je te montrerai la marche à suivre. Personne ne va toucher à ton homme, surtout maintenant que je sais qu'il est à toi. Je vais organiser une petite réunion avec les filles du club. Pas d'inquiétude.

– Merci, m'man.

Je retourne vers le comptoir où j'emballe ses affaires dans un sac noir avec un logo Biker Babe en argent brillant sur le côté.

– Allons-y. Maintenant, j'ai un homme à exciter et des filles à qui parler.

– Je t'aime tellement fort.

D'un pas chaloupé et sexy, ma mère se dirige fièrement vers la porte, perchée sur une paire d'Aviator roses. Elle me fait un au revoir de la main.

– Moi aussi je t'adore, Shay-la-la. Bye bye, mon amour.

– Bye, Mags ! grogne Cricket.

Sa voix vient de la pièce du fond… je ne savais même pas qu'il était là.

– Bye Cricket, à bientôt !

– Le moins que l'on puisse dire, c'est que ça chauffe !

Je me dirige vers l'atelier où Cricket travaille dans la pénombre. Seule une lampe de bureau jette son halo sur un gilet de cuir. Il se trouve que c'est celui de mon mec, ce dont je m'aperçois, parce que Cricket est justement en train d'y coudre l'écusson du vice-président.

– Si je comprends bien, tu as tout entendu, n'est-ce pas ? je lui demande en me tapotant les lèvres dans l'attente de sa réponse.

– Princesse, oui, tout. Comment crois-tu que j'ai hérité de mon surnom ?

– À vrai dire, je n'ai jamais su pourquoi, je lui réponds, étonnée.

Sa longue barbe blanche suit le mouvement de son visage quand il lève la tête, mais elle traîne toujours sur la table. Oui, elle est aussi longue que ça.

– J'ai toujours été une sorte de cornet acoustique. Depuis 'Nam[2]. Ton grand-père avait l'habitude de me tordre l'oreille parce que j'entendais tout. Les autres soldats ont suivi, et c'est comme ça qu'on m'a appelé Cricket, comme Jiminy Cricket dans *Pinocchio*. Je suis la voix de la raison.

Je me vautre dans le fauteuil à côté de lui :

– Et alors ?

– Alors quoi ?

– Quel est ton verdict ?

– C'est toi qui t'es foutue dans le pétrin en couchant avec le vice-président. Maintenant, à toi d'en supporter les conséquences.

– C'est tout ? C'est ça, ton bon et sage conseil ? Tout est de ma faute ?

– Ouais. Et, puisqu'on a déjà demandé ton cul, je suppose que tu t'es bien marrée au plumard, me répond-il avec un sourire entendu en agitant ses gros sourcils tout blancs.

Je ne peux m'empêcher de lever les yeux au ciel en rouspétant :

– Là, tu ne m'aides pas.

2 'Nam : abréviation pour Viêtnam.

– Je ne suis pas devin, Princesse. Pourtant, il y a une chose que je peux te dire, Rex aura besoin de faire ses preuves auprès de ton père, ton frère et de The Pride s'il veut survivre à sa demande, me répond-il en hochant la tête.

– C'est bien de ça dont j'ai peur.

Il tend la main et vient doucement la poser sur la mienne.

– Ne t'inquiète pas. Tu es une fille honnête, et tout homme qui se respecte le voit tout de suite. Il fera ce que son devoir exige pour te garder et rester dans le club, ou alors ce mec n'en vaut pas la peine.

Chapitre 8

Rex

Plus tard dans la soirée, ma chérie est de très mauvaise humeur :

– Quoi ? Mais je rêve ! Tu leur as dit, à tous ? Tu es tombé sur la tête mon pauvre vieux, tu as vraiment envie de mourir ?

J'observe Shay qui fait les cent pas, pieds nus, ses putains de longues jambes n'arrêtent plus de sortir d'un short minuscule collé à sa peau qui, je l'espère, n'est rien d'autre qu'un pyjama. Sincèrement, ce short est à peine plus grand qu'une culotte, légèrement rouge, couvert de petites têtes de mort et de roses brodées dessus. Ses seins sont voilés par un haut de coton dont les bretelles sont presque invisibles sur ses épaules. Sa crinière d'animal sauvage, d'un noir intense comme mon expresso du matin et dans laquelle j'adore passer mes doigts, est nouée à la va-vite au sommet de son crâne. Les petites mèches qui s'en échappent partent dans tous les sens.

Mon Dieu… elle est splendide !

Sur son visage à la peau claire, aucun maquillage, et ses yeux d'un bleu d'acier sont prêts à prendre feu. Elle finit par arrêter de s'agiter, claque un coup sec sur sa cuisse et me fixe droit dans les yeux.

Comme je m'y attendais, ma chérie n'est pas très contente de la façon avec laquelle je gère notre relation. Avoir tout dit au club, avoir donc partagé avec tous quelles étaient mes intentions vis-à-vis d'elle et, surtout, le fait de l'avoir officiellement demandée ne passe pas bien. Dans les deux cas, plutôt que de me répandre en banalités, je préfère me tenir à distance tout en matant son petit cul en forme de cœur s'agiter d'un côté à l'autre de la cuisine.

– Ce n'est pas possible, je vais finir par croire que tu es complètement dingue. L'Épreuve de force ? Pour de vrai ? Je n'ai jamais entendu parler de ce machin-là. Qu'est-ce qu'ils vont faire ? Te suspendre par les pieds, accroché à une branche d'arbre ? Non, laisse-moi deviner, te ficeler les deux jambes et les attacher à des Harley pour t'écarteler ?

Elle laisse échapper un grand soupir entre les plus belles lèvres que j'aie jamais embrassées et fait une triste moue avant d'ajouter :

– Bébé, ils vont te faire du mal, je le sais.

– Ouais, sûrement, je réponds en approuvant d'un signe de tête. Et ce sera pire à chaque fois en sachant qu'il me faudra défendre l'honneur de ma femme sans faillir au respect que je dois aux frères.

Son visage s'assombrit d'une grimace qui le rend touchant à mort.

– Ce n'est pas ce que je veux pour toi. Aucun homme ne devrait avoir à passer par une telle épreuve pour mériter une femme. Ma famille est tellement merdique…

Ses yeux se remplissent alors de larmes, mais elle tend le menton, serre les lèvres et souffle un bon coup.

Elle est forte, ma belle chérie.

Après avoir fait quelques pas pour la rejoindre, je la vois qui s'effondre et se met à trembler. Je le prends dans mes bras et lui relève la tête pour la regarder dans les yeux :

– J'accepterai tout, je souffrirai le martyre, physique ou autre, pour te garder dans mes bras, ma Shay.

Étincelants à travers les larmes qui n'ont pas encore coulé, ses yeux sont maintenant du plus pur bleu ciel.

– Mais tu ne devrais pas…

Je me penche plus près d'elle et pose sur ses lèvres un long, un très long baiser.

– Si. Ainsi va notre histoire, Pussycat. J'ai demandé une princesse biker, pas la première venue. Ce qui, non seulement demande d'avoir des couilles mais aussi un engagement, une détermination, du courage. Ce dont je ne manque pas, et j'en ferai la preuve, à toi et au club.

– Tu n'as aucune preuve à me donner, me dit-elle en posant sa main sur ma poitrine. J'ai confiance en toi. Je suis tombée amoureuse de toi au moment même où tu m'as défendue contre mon ex.

Je lui souris doucement et caresse sa petite joue ronde comme une pomme.

– Et moi, je peux te raconter la seconde précise où j'ai aperçu ton corps sexy comme un péché dans le reflet de la vitrine. Et puis tu as parlé, et je me suis approché de ton visage… putain mon bébé, je n'oublierai jamais la première fois que je t'ai regardée dans les yeux. Le plus beau jour de ma vie.

La douleur assombrit son regard quand elle vient poser son front contre ma poitrine.

– Qu'est-ce qu'ils vont bien pouvoir te faire ? Ils t'en ont glissé un mot, je suppose…

– Ce n'est pas ton problème, je lui réponds en posant ma main sur sa nuque.

Son corps se met à frémir, elle relève la tête et me regarde :

– Dis-moi tout de suite, ou… ou…

– Ou tu feras quoi ? je demande en haussant les épaules tout en caressant son dos.

Ses yeux se perdent dans le vide… Elle m'offre alors un sourire plein de volupté avant de se mouiller les lèvres.

–… ou je vais confisquer ton plaisir.

Elle me regarde, un peu mutine, avant de reculer légèrement. Elle remonte ses mains sur ses seins généreux, les redescend doucement vers son ventre avant de les poser sur ses hanches. Une main descend encore plus bas, vers le trésor qu'elle cache entre ses jambes tandis que l'autre vient mouler ma braguette qui gonfle de plus en plus.

– Non, tu ne vas pas…

J'ai du mal à prononcer mes mots, ma voix s'épaissit et diminue à mesure qu'elle frotte ma queue de plus en plus fort à travers mon jean.

– Ah, tu crois ça ? ajoute-t-elle avec un petit mouvement de tête et légèrement dédaigneuse. Souviens-toi d'une chose mon bébé, techniquement, on commence tout juste à se connaître et tu as encore pas mal de choses à apprendre sur moi.

Je pousse un petit grognement et plaque bien sa main contre mon érection.

– TOI, tu ne t'éloignes pas de MOI.

Elle fait un léger mouvement circulaire avec l'une de ses jolies petites épaules avant de répondre :

– Dans ce cas, ne me cache rien. Tu veux un accès libre à mon pot de miel, tu dois partager ce que tu sais. Tout. Sans mensonges. Pas de secrets.

Trop contente de son effet, elle ne peut s'empêcher de prendre un petit air supérieur. Quant à moi, je lâche un grognement qui vient du plus profond de ma poitrine, je retire vite les mains qui nous séparent et j'attrape sauvagement son sexe.

– Ce con-là est à moi.

Tout à coup, sa respiration se fait haletante et saccadée.

– Et toi, tu es mon mec. C'est tout ça que tu veux... dit-elle en me montrant son corps dans un grand geste de la main,

Ce qui ne m'empêche pas de venir poser fermement un doigt contre le tissu de son tout petit short. Tout de suite, je me rends compte qu'elle est déjà bien excitée. Elle sursaute, ses yeux s'allument.

– Dis-moi, qu'est-ce qu'ils ont décidé de te faire ?

Même chaude comme la braise elle essaie encore de me faire céder à ses interrogations et ça, pas question !

– Je te le dirai après avoir bouffé « ma » petite chatte ET après avoir baisé cette même très jolie petite chatte.

J'attrape ensuite son super mini-short que je fais glisser le long de ses hanches. Elle m'agrippe les épaules pour se relever avant d'insister :

– Bébé...

Ce seul mot me remplit de désir alors qu'un soupçon d'énergie fiévreuse flotte dans l'air autour de ma chérie. Trop tard, je suis déjà parti...

– Non. Cette fois, tu as poussé le bouchon un peu trop loin, femme.

Sans crier gare, je la soulève par les fesses, j'installe son cul sur le plan de travail et lui arrache son short qui pendouille entre ses jambes. En moins de temps qu'il faut pour le dire, je la fous à poil, je la plaque sur le granit, les jambes largement ouvertes, et ma bouche vient se plaquer sur son trésor.

Ses mains attrapent mes cheveux et s'enroulent dans mes grosses boucles, elle pousse ses hanches et tire fort sur ma tête jusqu'à me faire grimacer. Ma femme n'est pas timide quand il s'agit de sexe, elle sait ce qu'elle veut et elle y va à fond.

Une chérie parfaite. S'il y en a une, c'est la mienne.

– Putain de petite chatte sauvage, agrippe-toi bien à moi, bébé.

Je ne peux m'empêcher de pousser un cri quand je sens ses ongles s'enfoncer dans mes épaules. Je grogne autour de sa chair humide que je bouffe férocement. Je suce, je lèche, je souffle de l'air froid et je plonge ma langue au plus profond d'elle-même jusqu'à ce que son corps se tortille sur le granit, les jambes en l'air, la poitrine haletante, la bouche ouverte et les yeux bien fermés.

– Bébé, vas-y. Taggart, fais-moi jouir.

– Ne t'avise jamais de me priver de mon minou. Tu m'entends, femme ? Ce con est à moi, et c'est moi qui décide.

Pour prouver ce que je viens de dire, j'entoure son clito avec mes lèvres et le suce tellement que mes joues se creusent jusqu'aux os.

Shay hurle et donne des ruades. Ses talons viennent s'accrocher derrière mon dos, ses doigts se plantent dans mes épaules si fermement qu'elle va laisser des marques en forme de croissant sur ma peau. Des marques que je vais porter avec fierté.

Une fois que je la sens vraiment abandonnée, j'attrape ses jambes et retourne son cul sur le plan de travail.

Son ventre est maintenant collé au granit et ses jambes pendent sur le bord… ses doigts de pied touchent le sol, juste au moment où je sors ma queue et la fais glisser entre ses lèvres humides. Cette fois, j'arrive chez moi.

– Taaaaag ! Putain ! hurle-t-elle à nouveau.

D'une main, je prends ses hanches, de l'autre, j'attrape ses épaules. Je reste en elle, je la punis avec délectation pour avoir voulu me prendre ce qui est clairement à moi.

– Ne t'avise… (coup de bélier avec mes hanches)

… jamais… (murmuré entre mes dents)

… de me… (petits mouvements en cercles de ma queue)

… priver… (elle pousse un grand cri)

… de mon… (j'approche ma main de ses cheveux et les tire en arrière pour tendre son cou jusqu'à ce qu'elle gémisse profondément)

… minou… (d'un petit geste de la main au-dessus de sa chatte, je lui pince le clito)

Ma chérie s'emballe une fois de plus, son corps se convulse, ses ongles glissent sur le granit sans pouvoir s'accrocher. Elle est complètement à ma merci.

Je la baise à fond, pendant longtemps et si profondément qu'elle jouit une fois encore. À mon tour, je jouis dans un rugissement digne du règne animal.

Une fois complètement vidé, quand ma queue a enfin fini ses va-et-vient là où il fait si bon en elle, je me retire. En laissant son corps totalement abandonné sur le plan de travail, je remets ma queue dans mon jean, puis je relève ma chérie en la soulevant comme une princesse et je traverse l'appartement jusqu'à sa chambre. Je la dépose délicatement sur son lit avant d'enlever mon débardeur et mon jean que je laisse sur une chaise à côté de sa commode. Ensuite, je me dirige, nu, vers la salle de bains où j'attrape un gant de toilette mouillé et je reviens vers ma femme qui a l'air perdue pour le monde. Je peux voir malgré tout sa poitrine palpiter, ce qui m'indique que je ne l'ai pas baisée jusqu'à son dernier souffle, même si j'ai l'impression d'avoir essayé.

J'écarte ses jambes et je l'entends doucement gémir quand le gant mouillé touche sa chatte. En fait, je n'ai jamais joui dans une femme sans préservatif, Shay est la première. Ce qui ne veut pas dire que c'était la première fois que nous baisions sans protection.

Merde, j'espère qu'elle prend la pilule ; sinon, ce n'est pas très grave.

Shay O'Donnell est celle qu'il me faut.

D'après ce que je sais, il en va ainsi pour la plupart des bikers à The Pride. Nous avons tous roulé notre bosse d'un côté et de l'autre, mais on sait toujours repérer la bonne occase quand elle se présente. Ce qui n'est pas forcément valable pour les connards qui trompent leur femme avec les filles du club, mais on sait que cela peut être un arrangement entre eux et elles. Dans le cas de ma mère par exemple, elle s'en foutait, tant que mon père rentrait chaque jour à la maison et payait les factures.

Moi, je ne suis pas ce genre de mec.

Riot, mon Président, lui non plus n'est pas ce genre de mec, surtout quand il s'agit de sa fille. Pour elle, il n'acceptera que le meilleur et, même si je ne suis pas aussi bien qu'elle, parce qu'à ses yeux aucun homme ne l'est, je vais m'efforcer de le devenir.

– Bébé…

Quand Shay se met à parler, je réalise que je suis encore debout complètement nu près de son lit, à la regarder.

– Viens près de moi.

Dans l'ombre, je souris de bonheur, je fais le tour du lit, soulève la couverture et me glisse sous les draps. Elle se relève brièvement, enlève son petit haut et le jette par terre.

Une fois bien installé, j'attrape ma chérie par la taille, la serre contre moi et défais ses cheveux pour aller coller mon nez derrière son cou, là où l'odeur de son parfum est la plus intense. Fleurs sauvages et soleil éclatant. Je le respire à grandes bouffées jusqu'à en être rassasié.

– Qu'est-ce qu'ils vont te faire ? Elle n'a pas lâché l'affaire.

Elle me caresse longuement le bras comme si elle cherchait à me rassurer alors que, j'en suis persuadé, c'est elle qu'elle essaie de rassurer.

– Je t'en prie, dis-le-moi, je dois le savoir, sinon je vais m'inquiéter au-delà du raisonnable.

Ma chérie n'est pas tête en l'air, je savais qu'elle allait finir par revenir à sa question. Moi, je suis un homme de parole. Je l'ai bouffée, je l'ai baisée, maintenant, je dois être honnête avec elle.

– Chacun d'entre eux aura le droit de me frapper une fois.

Ce qui est la vérité, pas forcément toute la vérité, mais ce n'est pas un mensonge.

– Tu pourras les frapper en retour ?

Elle met sa main autour de mon bras posé de façon protectrice sur sa poitrine.

– Ce n'est pas comme ça que ça marche, Pussycat.

– Quoi d'autre ?

Je me blottis contre elle, respire l'odeur de ses cheveux et frotte mon front contre l'arrière de sa tête.

– Rien que je ne puisse supporter, ne t'inquiète pas. Je vais prendre une bonne raclée, mais, tu sais mon bébé, ce ne sera pas grand-chose comparé à ce que j'ai vécu pendant mes trois campagnes avec les marines.

– Tu as été marine ?

– Ouais, bébé, j'ai servi douze ans. Je suis allé partout. C'est pour ça que j'ai tout de suite su que chez moi, c'était ici quand je suis arrivé.

– Mais… quel âge as-tu ? me demande-t-elle en bégayant.

– Trente, je réponds en haussant les épaules, blotti contre elle. J'ai eu mon bac à dix-sept ans et je me suis engagé tout de suite. J'ai enquillé mes douze ans et mis un bon petit paquet de côté vu que, pendant ces années, je n'ai eu à payer ni gîte ni couvert, tout était pris en charge. Pas trop con, j'en ai investi la moitié. En plus, de retour à la maison, mon père m'a proposé de prendre la vice-présidence de son club. Ce qui a foutu en rogne pas mal de frères à ce moment-là, vu que je n'avais pas vraiment « mérité » ce poste. J'ai su leur prouver qu'ils avaient tort, mais très vite je me suis rendu compte que je n'aimais pas l'ambiance qui régnait là-bas.

– Que veux-tu dire ? (Je sens son corps se raidir entre mes bras.) Il y a un code bien défini de conduite pour The Pride. Qu'y a-t-il de tellement différent entre là-bas et ici ?

Je retourne ma chérie sur le dos et m'installe confortablement à côté d'elle en lui caressant la joue.

– Les affaires du club, mon bébé. Vu que tu es ma chérie et que tu sais réchauffer mon lit, je pourrais t'en dire un paquet, mais je ne veux pas trahir le club en te racontant tout. Ce n'est pas comme ça que nous fonctionnons, et tu le sais.

– Ok, je ne peux pas t'obliger, mais ce n'est pas comme ce truc de l'Épreuve de force, j'ai besoin de parler à mon père…

– Tu ne feras rien, je coupe net en lui mettant deux doigts sur les lèvres. Cette histoire ne concerne que moi, le Prez de mon club et mes frères. Comme tu es ma chérie, tu as le droit de m'en vouloir, tu peux déballer ton sac si tu veux, mais tu ne seras pas impliquée, ni de près ni de loin, dans ces problèmes. C'est à moi d'en supporter les conséquences et je ferai face.

– Mais…

– Il n'y a pas de mais qui tienne, Pussycat. Ce corps et ce beau visage ont le droit de m'en demander beaucoup et j'ai hâte de voir tout ce que tu es capable de faire pour arriver à tes fins, mais pour cette histoire, c'est non. Pas quand on parle de ton honneur ou du mien, tu dois me faire confiance.

Elle ferme les yeux, attend un instant et finit par approuver d'un signe de tête.

– Il y a encore une dernière chose dont nous avons à parler.

Je n'étais pas vraiment pressé d'en parler.

Sentant son corps se raidir entre mes bras, je caresse ses épaules et descends vers sa main que j'attrape doucement pour l'embrasser sur la paume.

– Le club a foutu Gary hors de la ville aujourd'hui.

Elle tressaille, se relève pour se retrouver assise. Les draps ont glissé jusqu'à envelopper sa taille, ce qui donne une vue parfaite de ses seins voluptueux.

– Quoi !?

Je remonte alors mes bras en me prenant la tête dans les mains.

– Ouais, on l'a fait transférer ailleurs, chez un autre concessionnaire. Apparemment, le propriétaire devait une faveur à Riot pour une histoire de voleur de voiture que le club a réussi à coincer dans le passé.

– Pas possible.

– Si, si. Les gars ont suivi Gary jusqu'à son appartement de merde et l'ont foutu sens dessus dessous, ils ont bousillé tous ses meubles. Gary est parti avec les vêtements qu'il avait sur lui et sa voiture, c'est tout. On l'a poursuivi jusqu'aux portes de la ville. Le shérif lui collait au cul et nous, on suivait le shérif de près.

Je remarque qu'elle a besoin de se mettre la main sur la bouche pour s'empêcher d'éclater de rire.

– Si tu veux mon avis, j'ai l'impression que le club a rendu pas mal de services au shérif. Je crois que les « je vous revaudrai ça » se sont pas mal empilés.

– Ouais, papa et les frères ont donné plus d'un coup de main au shérif, aux députés du comté et même aux représentants du gouvernement depuis bientôt vingt ans. Ils les ont bien aidés à démêler certains micmacs.

– Le shérif est une relation importante pour le club. Quand il a su que Gary avait levé la main sur toi, il était trop content de nous aider à le foutre dehors.

– Je ne peux pas dire que ça me fasse grand-chose, ajoute-t-elle en haussant les épaules. Ce salopard ne peut s'en prendre qu'à lui-même. Il savait très bien qui j'étais quand il m'a demandé de sortir avec lui, il connaissait ma famille. Le mec n'avait pas beaucoup de jugeote pour se comporter avec moi comme il l'a fait ou se répandre sur The Pride à qui voulait l'entendre.

– Dorénavant, tu n'as plus rien à craindre de lui. Promis.

– Merci bébé, me dit-elle en se penchant vers moi pour venir poser ses lèvres sur les miennes. Maintenant, comment vais-je pouvoir vraiment remercier mon grand biker costaud de m'avoir sortie du pétrin ?

– En y réfléchissant, plusieurs possibilités s'offrent à toi, je lui réponds en me reculant légèrement.

Elle prend son temps, glisse ses lèvres vers mon cou, puis descend jusqu'à ma poitrine.

– Si tu continues dans cette direction, quelque chose va finir par te sauter à la figure.

Cette fois, je recule carrément, ouvre grand mes jambes et les replie sous mes cuisses. Fièrement dégagée, ma queue se tient alors bien droite face à ma chérie.

– Hum… je crois que j'ai trouvé exactement quoi faire, murmure-t-elle, juste avant d'embrasser mon gland.

Je laisse tomber ma tête en arrière et pousse un soupir.

– Ma chérie a la putain de meilleure bouche…

Je ne peux pas terminer ma phrase et pousse un profond gémissement quand je la sens qui prend tout ce qu'elle peut.

– Et ne t'avise pas d'oublier ça, me dit-elle avant d'y retourner de plus belle.

– Il n'y a pas de danger, je murmure en passant mes doigts dans ses longs cheveux tout en laissant ma chérie me remercier de la plus belle façon possible.

Chapitre 9

Shay

Le jour qui a suivi, j'ai fermé ma boutique plus tôt.

De toute façon, les horaires affichés ne servent à rien, les filles et les bikers n'en font qu'à leur tête. De plus, Cricket est déjà parti depuis un bon moment pour aller au quartier général du club, et moi j'ai très envie de m'y rendre au plus vite avant que tout ne tourne au vinaigre. Je ne tiens plus en place, j'ai le ventre noué par la peur et l'anxiété. Je sais que le rite du club de l'Épreuve de force est inscrit dans les statuts, c'est juste qu'il n'est pas pratiqué très souvent.

Si ma mémoire est bonne, la dernière fois que le club a eu à traiter un problème d'honneur, c'est quand l'un des frères a menti à propos d'une détention préventive. Il s'est avéré que le club protégeait un criminel et quand on a levé le lièvre, personne n'était très content. Le frère a été passé à tabac, jeté sur le trottoir et tout simplement excommunié du club.

Justement, c'est ça Hero's Pride : des héros. Des hommes qui servent la communauté, l'État, le comté suivant la compétence de chacun, hier comme aujourd'hui. Nous avons à peu près tous les corps d'armée représentés, un groupe d'ex-policiers, quelques fonctionnaires de l'ancien gouvernement, un médecin praticien, un pompier en activité, etc. Les mecs du club sont capables de botter le cul à quelqu'un quand c'est justifié et d'emmerder sérieusement un autre s'il touche The Pride de trop près, comme pour ce crétin de Gary. Ils n'hébergent pas de délinquants et n'acceptent aucune activité illégale dans leurs rangs. C'est comme ça, point barre.

Dans la situation présente, alors que l'honneur de la fille du Président est en jeu, je n'ose imaginer jusqu'où ils vont aller. La plupart de ces types me connaissent depuis que je suis née, ils sont vraiment la seule famille que j'aie jamais connue. Ce qui explique combien le niveau de panique qui s'empare de moi est intense et justifié.

Je gare ma moto chérie dans la grande entrée circulaire, à l'avant du bâtiment. Les motos des mecs, elles, sont alignées à côté de l'entrepôt où ils tiennent leurs réunions. On en compte une bonne trentaine, tous les hommes sont là, ce qui ne fait qu'attiser la chair de poule qui parcourt, centimètre après centimètre ma colonne vertébral. Je serre les dents et lance ma jambe au-dessus du siège pour descendre. Il n'y a qu'un seul endroit où je dois aller, j'ai un plan, et c'est maintenant qu'il faut le mettre à exécution. D'un pas décidé, je me dirige vers l'espace où les types ont l'habitude de traîner.

Mon mec est debout devant le bar, à bavasser avec quelques-uns de ses frères, comme si de rien n'était. Je sais qu'il n'en est rien. Tout se passe normalement jusqu'au moment où mon père décide qu'il est temps de passer à l'action. Le soleil se couche, les voilà prêts à distribuer leur punition de merde.

Le regard sombre de Rex croise le mien. Il exprime d'abord la surprise, puis il fronce ses sourcils comme s'il savait ce que je vais faire. Avant même qu'il ait pu deviner, je me dirige droit vers mon mec, j'enroule mes bras autour de ses larges épaules, me mets sur la pointe des pieds et lui donne un long et profond baiser. Devant tout le club assemblé. C'est comme ça qu'une chérie fait sa demande.

Quelques grognements se font entendre, mais aussi quelques sifflements d'approbation de la part de types plus jeunes qui, sans doute, ne voient pas d'un mauvais œil le fait que Rex et moi formions un couple… Enfin, mon geste provoque aussi d'autres grognements, ceux-là sérieusement plus animaliers.

– Salut bébé…

Je me recule et regarde fixement ce mec magnifique.

Il me décoche un large sourire, se penche doucement, dépose un petit bisou sur mes lèvres et me pince la joue en signe de bienvenue.

Normalement, les bikers sont des types affectueux qui n'ont aucun problème à montrer leurs sentiments en public. Ils sont du genre à faire ce qu'ils veulent, quand ils le veulent. Ce qui veut dire pas mal de mains au cul avec leurs femmes et les filles du club. En général, si les chéries sont là, les filles se tiennent à l'écart, elles ne se manifestent que si des visiteurs ou quelques frères solitaires traînent parmi nous. Mags veille jalousement à ce que l'égard dû aux chéries soit respecté.

En parlant de Mags, la voici justement qui sort de l'énorme cuisine industrielle avec un saladier de chips et un bol de guacamole, des filles la suivent avec d'autres trucs à manger. Elle installe le tout sur la grande table que les frères utilisent pour leurs buffets, puis elle se retourne vers moi et me regarde droit dans les yeux en réalisant que j'enlace tendrement Rex.

Elle esquisse une petite moue, mais elle continue à installer la table en s'assurant que tout soit bien en place pour ses « boys », comme une vraie reine des abeilles.

– Que fais-tu ici, chaton ? me demande Rex, en mettant son nez dans mon cou avant d'y déposer un baiser tout mouillé.

– Je suis juste venue te dire bonjour, je réponds avec un grand sourire en le regardant au fond des yeux, venue voir si tout allait bien avec mon mec et les gens que j'aime le plus au monde. Des gens qui n'oseraient pas me faire du mal en blessant une personne qui m'est chère.

Je parle assez fort afin qu'une bonne dizaine de frères l'entendent et en tirent les conséquences qui s'imposent. Rex m'attrape les hanches et me regarde fixement :

– Shay, ta place n'est pas ici, je ne veux pas que tu mêles de cette histoire ni que tu fasses une scène. Tu comprends ?

Je fais oui de la tête comme une bonne petite femme et je l'embrasse encore avec fougue avant de le laisser tranquille pour aller me coller au bar.

D'abord stupéfait, le type du bar reprend ses esprits en une seconde, hoche la tête en me servant une bière glacée qu'il décapsule d'un coup sec.

– Rex, s'il te plaît, dit mon père.

Rex tourne la tête pour lui parler.

Je fais demi-tour sur mon siège pour voir où en sont les frères, tout en souriant. Puis je saute de mon tabouret et me dirige vers Tank, le sergent d'armes du club.

– Coucou, tonton Tank !

Même s'il a à peine dépassé la trentaine, intentionnellement j'insiste sur le « tonton » pour flatter la position que je lui accorde. La fille du club qui est accrochée à ses hanches déguerpit tout de suite et se retrouve derrière moi à lui demander s'il veut une bière. Comme je l'ai déjà dit, le respect pour les chéries est primordial et cette fille sait où est sa place.

– Salut, Princesse ! dit Tank en me prenant chaleureusement dans ses bras. Tu sais que tu ne devrais pas être là, me prévient-il avec sérieux.

– Je sais, je lui réponds en faisant battre mes cils en signe d'approbation. Je sais, mais je ne pouvais pas rester à l'écart alors que le club s'apprête à démolir le mec que j'ai choisi. Tout ça, parce que je suis la fille du Président ? Ce n'est vraiment pas juste, ni pour moi ni pour Rex.

– Ma chérie, tu sais parfaitement combien ici tout le monde t'adore. Nous sommes une famille… nous ne laisserons personne te manquer de respect.

– Mais… en quoi m'a-t-il manqué de respect ? En me choisissant ? En étant assez intentionné pour me choisir pour femme et faire sa demande officielle, tout en sachant parfaitement que ses frères ne le prendraient pas bien ? Personnellement, je n'y vois que l'attitude d'un homme droit dans ses bottes. J'avais pensé que les frères seraient fiers de me voir avec un tel homme.

– Là, tu marques un point, Princesse, me répond Tank en se frottant le cou.

J'acquiesce d'une moue entendue même si j'ai surtout envie de lui faire un sourire malicieux.

– Promets-moi de ne pas trop lui faire de mal, fais ça pour moi, je lui demande en battant des cils à nouveau. S'il te plaît, tonton Tank.

– Tout ce que tu voudras, ma chérie, me répond-il avant de me caresser la joue et de déposer un baiser sur mon front.

Je le prends dans mes bras et lance un regard complice à Mags.

– Je t'adore.

– Moi aussi, ma petite fille.

Et il conclut en me donnant une tape affectueuse dans le dos.

J'aperçois alors Champ qui passe devant nous en se dirigeant vers le buffet. Je m'excuse auprès de Tank et emboîte le pas au frère qui a l'une des poignes les plus impressionnantes du groupe. Champ a été boxeur dans une autre vie et il sait parfaitement utiliser ses poings pour nettoyer les rues des dealers de drogue, c'est sa « fonction » dans le groupe. S'il leur arrive de le surprendre en pleine action, le shérif et ses adjoints tournent généralement la tête pour le bien de la ville et de tous.

Il faut dire que, par le passé, Champ était un vrai champion des rings. Il est devenu pro tout de suite après le lycée, il a eu le temps de se faire un beau petit pactole, puis il a brutalement arrêté avant de rejoindre The Pride. Il s'occupe maintenant de la salle de gym et de boxe que possède le club dans le quartier. Personne n'a jamais su pourquoi il a quitté le circuit pro, même le milieu de la boxe n'a pas compris. Jusqu'à ce jour, c'est resté un mystère et mon père m'a toujours avertie de ne jamais en parler à Champ, une demande que j'ai toujours respectée. Sa contribution en tant que responsable de cette salle de gym représente un joli profit qui vient s'ajouter au travail et aux affaires des frères pour grossir la tirelire du club. Peu importe la contribution individuelle des mecs, chacun reçoit une part égale.

Pour le moment, mon souci, ce sont les poings d'acier de Champ qui, ajoutés à ceux de Tank, me foutent une trouille bleue à l'idée qu'ils en viennent à s'abattre sur Rex. Je m'accroche donc à ses épaules et lui lance :

– Coucou, tonton Champ !

Je refais le même coup que celui que j'ai fait à Tank.

– Salut, bébé, ça va ?

Ses yeux sombres me toisent des pieds à la tête en insistant sur mon jean collant, mon petit haut spécial Pride et mes bottes sexy. J'ai laissé mes cheveux lâchés comme Rex les aime.

– Tu es superbe, comme toujours, mais tu n'as pas l'air dans ton assiette.

Je fais tous les efforts du monde pour avoir l'air aussi triste que possible, j'essaie même de faire venir quelques larmes, mais je n'arrive qu'à rendre mes yeux légèrement humides. Je devrais y arriver. Je sais que Champ fond comme beurre au soleil devant une femme en peine.

– C'est Rex qui t'a mise dans cet état ? demande-t-il en prenant mes joues dans ses mains. Je vais le tuer, celui-là. Je vais l'envoyer en enfer avec l'Épreuve de force.

– NNNNOOONNN ! J... J... J'ai telle... e... e... ment p... p... peur p... p... pour l... l... l... lui ! C'est mon homme, tonton Champ, je ne veux pas qu'on lui fasse du mal.

Champ me prend alors dans ses bras et me serre fort contre lui.

– Ça va aller pour Rex, mon petit, je te promets.

Il se penche tout près de mon oreille et ajoute :

– Je vais y aller doucement, ok ?

Une fois encore, je fais un effort pour cacher ma joie :

– Merci tonton, Champ, je t'adore, je lui murmure à mon tour près de l'oreille.

– Moi aussi, bébé.

Je le laisse partir et fais le tour de la pièce à la recherche de ma prochaine victime. Adossé contre un mur, j'aperçois Shadow occupé à regarder deux filles du club qui s'essaient à une partie de billard. Elles essaient surtout d'attirer son attention, penchées sur la table avec leurs minijupes et leurs petits tops aguichants. Bingo ! Ses yeux sont aimantés sur le cul de Lana, une des nouvelles brunettes qui vient d'arriver au club. On ne peut pas lui en vouloir, tout en courbes souples et en jambes qui n'en finissent pas, il faut dire qu'elle dégage un max.

Profitant de son attention distraite, je viens m'installer contre le mur près de lui et pousse exprès un grand soupir bien sonore. Avec Shadow, je ne peux pas refaire le coup du tonton, il est à peine plus âgé que moi, trois ans seulement.

– Comment ça va, Princesse ? demande-t-il sans quitter des yeux les filles qui jouent devant lui.

Je hausse les épaules en poussant un deuxième gros soupir tout en croisant à la fois mes pieds et mes bras. J'arrive enfin à capter son attention.

– Tu es contrariée à cause de l'Épreuve de force ?

– Tu ne le serais pas à ma place ?

– Pas vraiment. On doit défendre son territoire, tu ne crois pas ?

– Ah bon ? Tu veux dire que tous les frères sont passés par là quand ils ont demandé leurs chéries ?

– Bien sûr que non ! Mais, Shay, toi c'est toi.

Je me décolle légèrement du mur et, mettant mes mains sur les hanches, je tends mon cul en signe de provocation.

– Tu es donc en train de me dire que les autres chéries méritent moins d'égards que moi ? Seul le choix du vice-président doit s'accompagner d'un cassage de gueule en règle ?

La colère transparaît tellement dans le ton de ma voix que les filles qui jouent au billard décampent fissa sans demander leur reste. Putain… le moins que l'on puisse dire, c'est que Mags sait mettre les filles au pas. Si j'avais besoin d'une preuve pour comprendre ce qu'est une reine, c'est fait !

Shadow regarde s'éloigner les filles et se caresse le menton :

– Ouais, je comprends ce que tu veux dire, mais les mecs ne voient pas ça de cet œil-là. Tu es LA Princesse, donc tu es intouchable.

– Arrête Shadow, j'ai vingt-cinq ans ! Mon choix s'est porté sur un homme respectable qui m'a demandée de la façon la plus honorable qui soit. Il m'a choisie pour devenir sa femme, le plus grand honneur fait à une biker. Parmi toutes les femmes qu'il aurait pu avoir, surtout en qualité de vice-président, c'est moi qu'il a voulue.

– Ouais, et il a fait le mauvais choix, répond-il en haussant les épaules.

– Parce que je ne suis pas assez bien pour lui ?

Il hoche de la tête et vient placer sa grosse main sur le bord de mon épaule :

– Mais non, voyons, Shay. C'est parce que tu es trop bien.

– Alors, c'est ça. Je suis trop bien pour le vice-président de The Pride. Je trouve que ça en dit autant sur la façon dont tu considères tes frères, et donc The Pride, que sur la façon dont tu me considères, moi et mon honneur, tu ne crois pas ?

Sur cette réflexion sèchement envoyée, je claque des talons et me dirige vers un autre frère pour continuer mes petites discussions. Après avoir rencontré une bonne quinzaine de frères, j'attire l'attention de mon père et le rejoins rapidement avant qu'il n'ait le temps d'entamer une conversation avec quelqu'un d'autre.

– Papa, je peux te parler une seconde ? je lui demande en m'approchant de lui.

Je me dirige alors vers son bureau, il me suit et ferme la porte derrière lui dès que nous sommes entrés dans la petite pièce. Pas grand-chose à l'intérieur : deux gros coffres noirs bien arrimés sur le mur du fond, un simple bureau de métal, un ordinateur, un téléphone fixe, un fauteuil à roulettes et deux chaises d'invités, c'est tout. Partout, des photos de motos. Enfin, suspendu à même le mur, juste au-dessus du bureau, un grand drapeau américain, celui que l'armée a offert à mon père quand mon grand-père est décédé. Il ne l'a pas mis dans une vitrine pour le protéger, non, il l'a suspendu simplement avec fierté, là où il pouvait l'admirer chaque jour, comme mon grand-père l'aurait fait.

Mon père lâche un petit grognement en s'appuyant contre la porte qu'il vient de fermer et croise les bras contre sa poitrine. Ce n'est pas un homme petit, dans tous les sens du terme. Sa tignasse de cheveux bruns est encore bien fournie sur sa tête ; sa barbe, qui commence à se saupoudrer de poivre et sel, trahit son âge ; ses yeux attirent l'attention, tout comme son physique qu'il entretient régulièrement. Plus que n'importe quelle autre, j'adore sa voix ; comme je suis la fille bien-aimée de mon père, elle a le pouvoir de me calmer. Mais le moment n'est pas à la détente.

– Je te préviens, Shay, tu ne me feras pas changer d'avis sur la question. Rex a transgressé les règles en outrepassant sa demande avec ma petite fille.

– Pas d'inquiétude, papa, lui dis-je en levant la main, je ne suis pas ici pour te demander de reculer. Cela n'aurait pour effet que d'affaiblir ton autorité et de laisser croire que mon mec n'est qu'une chiffe molle. Ce qu'il est loin d'être. Non, ce que je veux est tout simple, j'ajoute en plongeant mon regard de feu dans le vert des yeux de mon père (le même vert qu'il partage avec mon frère).

– Tout ce que ma Princesse voudra.

– Ça fait plaisir à entendre, voilà qui devrait rendre les choses plus faciles.

Là, je ne peux m'empêcher de lever un sourcil, prête au combat si le besoin s'en fait sentir.

– Ok, raconte-moi.

Je lui souris avec douceur et, jouant innocemment avec mes boucles de cheveux, j'essaie de l'attendrir comme je le faisais quand j'étais adolescente pour obtenir quelque chose qu'il me refusait… il finissait toujours par céder.

– J'aimerais que tu proposes aux frères le choix s'ils veulent s'abstenir de casser la gueule à Rex. Personne n'a le droit d'obliger les autres à punir un homme quand, personnellement, ils n'ont rien à lui reprocher. N'ai-je pas raison ?

Je vois mon père serrer les dents, il pose alors ses mains sur la ceinture du jean qu'il porte et qui lui va parfaitement. Malgré ses cinquante-trois ans, avec son corps de jeune homme, mon père ne fait pas son âge. Aujourd'hui cependant, vu la décision qui pèse sur ses épaules à propos de cette Épreuve de force, je vois se dessiner quelques petites rides autour de ses yeux et de sa bouche.

– Ma chérie…

– Papa, s'il te plaît, c'est très important pour moi. Nous parlons de mon homme.

J'avale péniblement ma salive avant de prendre une grande bouffée d'air ; je sens que mon menton commence à trembler. Cette fois, je ne fais pas semblant, l'émotion monte et ce n'est pas de la faute des frères.

– Il est tout pour moi. C'est lui mon avenir et je…

Mon père fait un pas vers moi, puis deux, il n'y a bientôt plus d'espace entre nous. Il me prend enfin dans ses bras et me serre très fort contre lui.

– Princesse, tu le connais à peine, il n'est ici que depuis quelques jours. Comment as-tu pu autant t'attacher à lui ? Comment a-t-il pu déjà te demander ?

Je renifle en silence et me blottis contre lui.

– Combien de temps il t'a fallu pour tomber amoureux de maman ?

Je sens les bras de me père me serrer encore plus fort. Je connais l'histoire. Tout le monde la connaît. Mon père a rencontré ma mère lors d'un long week-end de moto. Elle était serveuse dans un bar de bikers à Las Vegas. Il a commandé un verre pour lui et un pour elle. À ce moment-là, il l'a regardée dans les yeux et, elle, dans les siens ; il lui a demandé si elle voulait quitter Las Vegas avec lui. Elle a posé son plateau, elle l'a pris dans ses bras et lui a donné un bon gros baiser mouillé, là, comme ça, devant tous ses frères. Une demi-heure plus tard, elle montait derrière lui pour aller chez ses parents récupérer le strict minimum. Cette nuit-là, elle a tout quitté pour lui, ils se sont mariés un mois plus tard et jamais elle n'est revenue à la maison, au grand dam de sa propre mère. Ma grand-mère faisait partie de la première génération de chéries, et l'histoire continue.

– Une demi-heure après notre rencontre, à peine avions-nous descendu deux ou trois drinks qu'elle a sauté à l'arrière de ma moto et m'a serré très fort contre elle. L'amour. Le vrai. Tout de suite.

– Ouais… je comprends. Moi, je suis tombée amoureuse de Rex à la seconde même où il a cassé le nez de l'homme qui était en train de me harceler et lui, il est tombé amoureux de moi en apercevant mon reflet dans la vitrine. Chaque homme qui a une chérie dans ce club l'a rencontrée au cours d'une histoire qui ressemble à la nôtre. Chacun d'eux, tu m'entends ? C'est comme une tradition à The Pride. Quand tu trouves celle ou celui qui est fait pour toi, c'est instantané. Finies les coucheries à droite et à gauche. C'est comme ça, et c'est tout.

– Shay…

– Oui, c'est comme ça, et tu le sais très bien. M'man m'a toujours dit que je trouverais l'homme de ma vie sans même le chercher ; elle était certaine que ce serait un biker, même si j'ai essayé de l'éviter. Tout ça parce que je savais comment toi et les frères allaient réagir. Je sais aussi que tu as eu du mal à accepter que ta petite fille grandisse, mais c'est un fait, papa, je suis devenue adulte. Et maintenant que je suis propriétaire de ma propre boutique et que je peux tracer ma route toute seule, est-ce que je ne mérite pas un homme à mes côtés, un homme qui va m'aimer et me protéger jusqu'à mon dernier soupir ? Un homme comme toi. Un homme qui a sa place dans The Pride.

Alors, mon père grogne entre ses dents :

– Très bien, je vais laisser le choix aux frères de s'abstenir s'ils le veulent, sans les influencer ni les juger.

Mon visage s'illumine, je saute de joie en prenant mon père dans les bras et je l'embrasse partout sur la figure.

– Merci mon petit papa, je t'adore !

– Je t'adore aussi, Princesse. Maintenant, sors de mon bureau. Ce qui est à faire doit être fait.

En sachant ce que cela veut dire, je sens tout de même un poids terrible s'abattre sur ma poitrine en pensant que Rex pourrait être sérieusement blessé. Je quitte le bureau de mon père tout en croisant les mains et en me demandant si j'en ai fait assez pour protéger mon homme du mieux que je pouvais.

J'ai l'impression que je vais le savoir très vite.

CHAPITRE 10

Rex

Une Épreuve de force… putain de merde ! Si on m'avait dit ça il y a un an, jamais je n'aurais cru que je deviendrais celui qui allait mériter la fureur et le mépris de mon propre club. Je pensais plutôt que c'était mon père qui allait finir par porter sa croix, pas moi. Mais qu'importe, Shay O'Donnell vaut largement toutes les douleurs que mes frères vont m'infliger. Je supporterai chaque coup de poing avec fierté, parce qu'ils me rapprocheront d'elle ; oui, son honneur sera vengé et mes frères, et le Président, son père, m'accepteront comme un mec bien.

Les mecs me font sortir derrière l'entrepôt et le club-house. Là, s'étend une large pelouse, un endroit où nous faisons des feux, on trouve aussi les grils, quelques tables de pique-nique et des sièges éparpillés un peu partout. J'ai toujours du mal à croire que je vis aujourd'hui dans ce bel oasis sur la côte du Nord-Ouest Pacifique. Malgré tout, la magnifique nature qui nous entoure ne peut me faire oublier ce qui se trame.

Trente hommes sortent à leur tour et s'installent en cercle au milieu de la grande pelouse. Cinq d'entre eux n'étant qu'aspirants, ils n'ont pas le droit de participer, maigre cadeau que de faire l'économie de dix poings. Ils se détachent du groupe et restent en dehors du cercle des hommes tatoués.

Shay se tient sur le côté, les bras croisés. Son regard intense se pose tour à tour sur chacun des frères et insiste tout spécialement sur son père. Mags est à ses côtés, tandis que deux aspirants, apparemment détendus, se tiennent debout derrière elles. À mon avis, ils sont surtout là pour la retenir si jamais elle laisse sa colère éclater. Je remarque aussi qu'un troisième aspirant allume le foyer central tandis qu'un autre tourne autour en allumant une à une les torches tiki. La chaude lueur des flammes qui vient envahir ce lieu, où les membres du club aiment se détendre d'habitude, remplit l'air de calme et de sérénité. Mais ce soir, elle n'est que menace et mauvais augure.

Je me positionne au centre, prends une grande bouffée d'air et j'enlève mon gilet de cuir que je lance à Shay. Elle l'attrape au vol et, au lieu de simplement le garder, elle le met sur elle. Un signe fort, si jamais on en avait besoin. Ça me fait des grigris dans le ventre. Je m'approche d'elle, l'attrape par le cou, la serre contre moi et lui colle un baiser d'enfer au vu et su de tous. Elle est à moi corps et âme, le club entier doit le savoir.

– Merci, bébé. Fais attention à toi, vas-y maintenant. Ça va aller, je te promets.

J'embrasse ses lèvres encore une fois et donne une légère claque sur son petit cul.

Elle approuve, serre fort mon gilet contre sa poitrine et, une fois de plus, son regard bleu acier lance des flèches à chacun des mecs qui nous entourent. Elle s'éloigne en faisant exprès d'en bousculer quelques-uns pour bien leur faire sentir combien elle est furibarde.

Riot fait alors son entrée dans le cercle des hommes. Le silence se fait.

– Nous sommes réunis ici aujourd'hui pour venger l'une de nous, Shay O'Donnell, ma fille.

– Qui n'a aucune envie d'être vengée ! dit Shay, bien fort. Je suis assez grande pour faire mes putains de choix moi-même, j'ai le droit d'aimer qui je veux et de savoir qui je veux dans ma vie.

Je lève une main ouverte en direction de ma chérie avant de me frapper le front :

– Assez ! Silence !

Je serre les dents et regarde, ébloui, son beau visage. Elle approuve et se calme en sachant qu'elle dépasse les limites ; c'est à moi de parler. Je lui souris, lui souffle un baiser puis je me retourne vers le Président.

– As-tu quelque chose à dire pour ta défense ? me demande Riot.

En hochant la tête, lentement, je fais le tour du cercle en regardant chacun des frères droit dans les yeux avant de prendre la parole :

– Je n'ai pas à m'excuser d'avoir demandé Shay O'Donnell pour femme. Elle est faite pour moi et je suis fait pour elle, je l'ai su en une seconde la première fois que mes yeux se sont posés sur elle. Pas une seule des blessures que vous pourrez me faire ne pourra changer cet état de fait. Je respecte votre besoin de passer à l'action et je prendrai avec fierté chaque coup que mes frères me porteront.

Tous les mecs applaudissent et poussent des cris en signe d'approbation. Certains se frappent même le poing dans la main pour s'échauffer en vue de ce qui va suivre.

– Comme il se trouve que c'est seulement la seconde fois que nous faisons appel à l'Épreuve de force, et que nous ne l'avons encore jamais utilisée pour venger l'un ou l'une de nous, je vais proposer un moyen de s'en sortir honorablement à tous les frères.

Certains ravalent leur salive ou poussent un grognement, mais personne n'ose ouvrir la bouche.

– Si l'un des frères estime que la punition est excessive par rapport au délit, ou même estime qu'il n'y a pas eu délit, il peut évidemment s'abstenir d'un coup purement gratuit. Ni discussion possible ni justification à fournir pour une telle abstention. Il ne vous en sera pas tenu rigueur. Aucun jugement ne sera porté. Chaque frère a le droit d'agir selon sa propre conscience.

Je suis abasourdi en entendant les mots du Président. Les mecs autour de moi commencent à chuchoter. Dans un incroyable retournement de situation, voilà que Riot laisse aux frères la possibilité de me délivrer un bon gratuit de sortie de prison !

On n'a jamais vu ça, on n'a jamais fait ça ; la tradition veut que le club agisse d'un seul homme. Il est vrai aussi que, d'après ce que je sais, un cas aussi particulier ne s'est jamais présenté.

– N'importe quoi ! hurle Shane. Il a baisé ma sœur et lui a manqué de respect.

Je serre les dents pour me retenir, j'ai trop envie d'aller casser la gueule à ce connard. Pas seulement pour avoir contredit mon Président mais aussi pour avoir parlé de ma chérie comme il vient de le faire. S'il n'était pas son frère, il serait déjà par terre, la bouche en sang, en ayant peut-être perdu quelques dents, mais je fais tout ce qui est en mon pouvoir pour me calmer. Mon attitude pourrait justifier la raison de l'Épreuve de force et salir auprès de chaque homme ici présent les efforts que je déploie pour demander Shay O'Donnell.

– Faux ! Il l'a demandée pour qu'elle devienne sa chérie. Il n'y a pas de plus grand honneur qu'un biker puisse faire à une femme, insiste Mags en jetant un regard noir à son fils.

– Ça suffit, vous deux ! On en a assez entendu. Vos avis n'ont pas à interférer sur la décision finale. Bon... maintenant si un frère ne veut pas participer à la punition, il fait deux pas en arrière du cercle.

Je ne bronche pas. La poitrine gonflée, je suis prêt à assumer la décision de chaque frère présent. À ma grande surprise, plus de la moitié des mecs se décalent. Seuls dix frères ne bougent pas de ce qu'il reste du cercle autour de moi. Et ce ne sont pas les moins costauds ! Tank, Champ, Whip, Riot, Hammer et Whisper, les plus vieux membres du club, restent là, immobiles. Avec eux, quelques autres qui ne sont au club que depuis quelques années.

– Je serai le premier et le dernier, grogne Riot.

Son visage reste concentré et déterminé. Il s'agit de sa fille, la princesse du club. Pour lui prouver que je suis digne de Shay, je prendrai dans la gueule tout ce qu'il a pu préparer.

Je mouille mes lèvres, respire à fond et prends bien appui sur mes jambes.

Riot s'approche, son visage n'est plus qu'à cinq centimètres du mien ; la mâchoire serrée, il parle à travers ses dents :

– Tu as intérêt à l'aimer plus que ta prochaine respiration, parce que tu vas voir ce qu'il va t'en coûter si tu veux garder mon bébé.

– Prêt ! je déclare sur-le-champ.

– Elle est parfois un peu sauvage et souvent incontrôlable, grogne-t-il avec un sourire diabolique, comme s'il tirait une fierté de ce que sa fille puisse faire vivre l'enfer à l'homme qui la mériterait.

– C'est comme ça qu'elle me plaît, je réponds en plongeant dans ses yeux verts et durs.

Je vois les narines de Riot qui palpitent, son visage se durcit, il serre de plus en plus les lèvres. Avant que j'aie pu m'en rendre compte, il m'assène un grand coup dans la gueule.

Je sens une vive douleur me traverser le visage, quelques papillons noirs troublent ma vue, mais je ne réagis pas. Je vérifie ma mâchoire, j'ouvre et ferme la bouche pour voir si tout fonctionne et fais craquer mon cou en balançant ma tête de chaque côté, pour éviter un torticolis.

– À qui le tour ? j'annonce en souriant.

Champ s'avance à son tour, le regard fixe :

– Tu l'aimes ?

– Plus que ma moto.

– Bonne réponse, répond-il, les lèvres tordues dans une affreuse moue.

Je le vois faire une sorte de demi-tour, et paf ! il m'en met un terrible dans l'estomac. Même si je m'y attendais, j'en ai le souffle coupé et je me plie en deux en me tenant le ventre. Je réussis péniblement à siffler entre mes dents, mais je me rends compte que l'homme s'est retenu. Dans ses bons jours, ce mec a des poings d'acier. Il m'a frappé durement, mais rien à voir avec la douleur et les blessures qu'il aurait pu m'infliger s'il avait vraiment voulu me faire mal. Quand je relève la tête, je le vois qui me fait un clin d'œil avant de se retourner et de rejoindre sa place où il reprend sa posture. Bras croisé, jambes écartées, il continue à se régaler du spectacle.

Le prochain, c'est Tank. Putain… ses bras ont la taille des missiles qu'on trouve sous les ailes des jets de l'armée.

J'inhale une nouvelle bouffée d'air, autant que je peux après le coup que je viens de prendre dans l'estomac, j'essaie de me reconcentrer et me prépare à en recevoir davantage.

– Tu t'engages à la traiter comme la princesse qu'elle est ? il me demande en penchant légèrement la tête sur le côté pour m'évaluer.

Ses yeux bleus brillent d'une rage que je ne souhaiterais pas à mon pire ennemi. Il n'en demeure pas moins que j'ai mes preuves à faire… et j'y tiens.

– Oh que oui, bordel ! Sauf que je vais en faire ma putain de reine, je réponds en levant le menton.

– Que ceci te rappelle ce qui va t'arriver si jamais tu t'avises de changer d'avis.

Sans attendre, il me frappe si violemment sur le côté droit au niveau de la poitrine qu'il m'envoie balader deux ou trois mètres plus loin. Je sais tout de suite que je vais avoir, pendant plus d'une semaine, un gros bleu de la taille de ceux que seul Tank sait faire. J'attendais plutôt qu'il m'assomme en me cognant au visage. Il faut dire que lui et Champ ont partout la réputation d'être de loin nos meilleurs combattants ; sachant cela, je dois reconnaître qu'ils ont été assez cool avec moi.

Un éclair traverse mon cerveau qui finit par descendre dans mon corps quand je sens soudain la douleur qui brûle sur mon côté. À l'évidence, ils ont tout de même pensé que je méritais un avertissement pour me rappeler que je dois bien me conduire avec leur famille. Mais leurs coups n'avaient rien à voir avec la vengeance promise.

Après avoir pris des coups de poing sur différentes parties de mon corps, ce qui, une fois encore, semble peu en comparaison de ce que j'aurais pu subir, j'aperçois Whip, le frère jumeau de Shay, ajuster ses épaules en se balançant d'un pied sur l'autre. Hormis Riot, c'est le dernier homme à se présenter.

– Cette fois, je veux que tu te battes, grosse merde !

On dirait qu'il rugit tant on sent la colère qui l'anime.

– Ce n'est pas comme ça que ça marche, fils, lui rappelle son père.

– Je m'en fous ! Il a baisé ma sœur, tout comme ce connard qu'on a foutu hors de la ville.

Ma température commence à monter un peu trop à mesure que je perds de vue ce qui est en train de se passer. Je marche d'un pas lourd en direction de Whip en oubliant totalement la punition que je suis supposé subir. Tout à coup, je frappe avec violence mes deux mains à plat sur sa poitrine, comme le ferait un vrai défenseur en football américain. Totalement déséquilibré, il recule de plusieurs mètres.

– Comment oses-tu me comparer, moi, à ce couillon d'agresseur ? Cet homme, lui, a frappé ta sœur. Jamais je ne l'ai touchée même quand je suis en colère. Jamais, tu m'entends ? (J'ai l'impression de lui aboyer dans la gueule.) Ne t'avise plus de me mettre dans le même sac que ce petit merdeux qui jouit en tabassant et en dominant les femmes.

– Tu l'as rencontrée, tu l'as baisée et tu l'as demandée en combien de temps ? Trois jours ? Ma sœur n'est pas une pute et c'est pourtant comme ça que tu l'as traitée ! il ajoute, les poings serrés.

Au moment précis où il prononce le mot « pute » en parlant de ma chérie, je vois rouge. Très rouge.

– C'est le moment de tenter ta chance, frère. À toi de jouer.

Ma voix se fait plus que cinglante, cette fois, je me sens prêt à démolir ce connard.

– À la loyale, juste toi et moi, ou nous réglerons ça plus tard.

– Tu ne feras rien de la sorte. L'Épreuve de force est une décision votée par tout le club. (La voix de notre Président se lève au-dessus des frères qui regardent la scène.) Après ton coup, il lui restera à brûler pour Shay. Point final… et on n'en parlera plus.

– Quoi, brûler ? dit Shay presque en même temps.

Quant à Mags, elle s'exclame :

– Oh… merde !

Whip lui, se rapproche tout près et se plante devant moi en me disant :

– Rien de ce que tu pourras faire ou dire ne sera assez bien pour ma sœur.

Avec flegme, je lui assène ce qu'il a besoin d'entendre et surtout de comprendre :

– Sans déconner, Sherlock. En fait, tu as raison, je ne serai jamais assez bien pour Shay O'Donnell, tout comme Riot ne sera jamais assez bien pour Mags. Le truc que tu oublies, c'est que nous voulons en permanence le devenir. On se bougera le cul chaque putain de jour pour leur prouver notre attachement. Jusqu'à ma putain de mort, je vais essayer d'être à la hauteur de ta sœur. C'est moi qui te le dis, man.

J'ai à peine terminé de parler que Whip m'en envoie un autre dans la gueule, un si violent que le sang pisse de partout. Il m'attrape ensuite par les cheveux, nous sommes maintenant nez à nez :

– Elle est ma jumelle, le même sang coule dans nos veines, nous avons grandi avec le même ADN. Elle est l'une des trois femmes pour qui je donnerais ma vie.

– Ouais, frère. Et pour moi, elle est la seule pour qui je voudrais mourir jusqu'à ce qu'elle me donne des enfants bien à nous. Ta sœur est tout pour moi, elle est « mon » tout. Rien n'existe au-dessus d'elle, rien, tu m'entends ?

– C'est à moi d'en juger, répond Whip en grimaçant. Tu lui as fait du mal et tu vas t'en prendre un max, aucun trou dans la terre ne sera assez profond pour te cacher, sans fin, ma fureur te poursuivra. Je vais devenir le pire de tes cauchemars.

– Jamais je ne lui ferai du mal, je le jure sur mon blason, mon gilet, ma bike… ma putain de vie !

Whip hoche de la tête et me repousse sèchement, comme s'il ne supportait même plus de respirer le même oxygène que le mien.

– Jay, apporte le fer ! crie Riot au-dessus de nous.

– Bébé, qu'est-ce qui se passe ? On devrait en avoir fini avec toi maintenant.

La belle voix de Shay apaiserait presque la douleur qui étreint chaque centimètre de mon corps. Toujours encadré par deux aspirants, je hausse les épaules et lève un doigt en lui répondant :

– Encore une chose, Pussycat.

– Encore une chose, quelle autre chose ? hurle-t-elle.

Cette fois, je la sens prête à bondir dans le cercle des frères.

– Brandon, James, retenez-la, ordonne Riot aux deux hommes…

Chacun lui attrape un bras.

À la vitesse d'un éclair, une colère terrible m'envahit :

– Si vous lui faites une seule marque, je vous préviens les mecs, vous allez me trouver !

Surpris, les deux aspirants écarquillent les yeux, l'un d'eux réajuste sa prise.

– Tout va bien, bébé, ne t'inquiète pas, ok ?

– M'man, qu'est-ce qui se passe ?

On dirait que Shay fait un effort pour parler. Sa voix se remplit de crainte quand elle aperçoit Jay qui arrive avec un fer rouge. On y distingue nettement le mot SHAY écrit en majuscule sur une courbe.

Cette fois, je ravale ma salive sans piper mot. J'arrache mon tee-shirt noir et m'agenouille sur la pelouse. Bones se détache du groupe et nettoie ma poitrine en sueur avec un liquide qui sent l'antiseptique. On lui a donné le surnom de « Bones », parce qu'il était chirurgien orthopédique aux Trois Rivières, l'hôpital de la ville, et aussi parce qu'il est devenu tout naturellement le médecin du club. Il a toujours sa trousse de médecin avec lui, il aurait pu me soulager, mais rien. De toute façon, jamais je ne demanderais quoi que ce soit.

– Tu vas le marquer ? Mon Dieu, papa… pas ça, c'est trop barbare !

Shay gigote dans tous les sens en donnant du fil à retordre aux garçons qui essaient de la retenir.

Putain, ma femme est une sacrée tigresse ! Je ne peux m'empêcher de faire un grand sourire en observant son corps voluptueux se tordre sous l'effet de la colère.

– Ça vient avec ta demande, Princesse. C'est rituel pour The Pride. Si tu prends une femme comme chérie, tu dois brûler pour elle. Ainsi, le club fera officiellement tout ce qui est en son pouvoir pour la protéger en la reconnaissant comme l'une des leurs. Par ce geste, tu deviens une vraie sœur pour les frères, tu comprends ?

Trois autres des hommes du club retirent leur gilet et leur tee-shirt. Juste à l'endroit du cœur, on peut lire le nom de leur chérie marqué au fer rouge sur la peau. Riot en fait de même et montre à Shay le nom de sa mère.

Tout compte fait, je ne m'en sors pas trop mal : Magdalene s'écrit en neuf lettres, Shay n'en comporte que quatre.

– Mais… p'a, j'ai toujours pensé que tu avais fait ça pour m'an parce qu'à vingt et un ans tu n'étais qu'un fou furieux un peu écervelé qui était tombé amoureux d'elle.

Riot se met à sourire. Il caresse les lettres cicatrisées qui s'étalent largement au milieu de sa poitrine à cause de la longueur du nom, mais aussi parce qu'on a utilisé des grandes majuscules. Comme tous les autres membres du club qui, officiellement, ont demandé leur chérie, j'ai eu le droit de choisir le design du mot Shay. Il y a un frère parmi nous qui sait forger ; on l'appelle Hammer[3], parce qu'il frappe le métal comme un génie. Le fer que je lui ai demandé est incurvé parce que, juste en dessous, j'ai l'intention de faire tatouer la trace de pas des enfants que nous allons avoir dans un avenir proche. J'ai tellement hâte que ça arrive ! La seule idée de mettre Shay enceinte de nos bébés me redonne la force dont j'ai besoin pour affronter cette dernière partie du rituel.

– Oui ma petite chérie, je l'ai fait. J'en pinçais comme un dingue pour ta mère et je suis encore fou amoureux de Magdalene, et je le serai toujours. Je porte son nom avec fierté comme ton homme le fera.

– Je t'adore, mon bébé, s'exclame Mags alors que son homme la regarde avec un grand sourire.

D'un geste vif, Riot tend la main et saisit le fer à marquer tout rouge.

– Tiens-le bien, Tank, ça va faire mal.

Tank se poste derrière moi. Il s'accroupit, se colle contre mon dos et m'attrape fermement les bras. Champ lui, enlève sa ceinture et la plaque contre ma bouche. Je mords dedans avec rage.

3 Hammer : marteau en anglais.

– Je ne veux rien entendre, ton honneur et le sien sont en jeu, prévient Riot.

Je fais un petit signe de tête tandis que je regarde le fer s'approcher, hypnotisé par la rougeur lumineuse irradiée par les lettres fumantes. La chaleur qui s'en échappe a pour effet de me calmer.

Le beau nom de Shay en rouge brillant est la dernière chose que je vois avant de fermer les yeux. Une horrible douleur traverse alors ma poitrine. Même si Riot ne garde que deux secondes le fer sur ma peau, c'en est assez pour que je sente l'odeur de la chair brûlée qui m'assèche la bouche et me donne envie de vomir. Mon corps entier sursaute et se tend vers l'avant quand Riot retire le fer d'un coup sec. Tank me retient toujours pendant que je mords plus que jamais le cuir de la ceinture où je suis sûr que je vais laisser la trace de mes dents.

Cette fois, c'est fini.

Sans attendre, Bones m'incite à m'asseoir sur l'herbe. Il étale une sorte de gel sur ma poitrine pour en calmer le feu. Tout à coup, j'ai l'impression que les anges du ciel ont posé leurs douces mains guérisseuses directement sur le feu de ma peau. Je sens un poids dans mon dos, c'est ma chérie. Elle m'enlace comme elle peut, pleine de douceur, son visage se rapproche du mien, elle m'embrasse sur la joue, dans le cou, puis elle passe tendrement sa main dans mes cheveux. Je suis encore haletant et légèrement étourdi pendant que Bones s'occupe de ma blessure en la badigeonnant d'une crème antibiotique ; il met aussi un tube de cachets dans la main de Shay.

– Au cas où… lui dit-il. J'ai déjà rempli une ordonnance, je ne veux prendre aucun risque. Je passerai vous voir à la première heure demain pour nettoyer la plaie et changer son pansement.

J'approuve d'un signe de tête en le laissant finir mon bandage. Il me regarde ensuite dans les yeux avant d'essuyer le sang qui coule encore sur mes joues.

– Tu n'es qu'un petit idiot, mon Rex.

Toujours derrière moi, Shay n'arrête pas de m'enlacer, elle continue à m'embrasser partout où elle le peut, vu sa position : mes épaules, ma nuque, mes joues, mes tempes, le dessus de ma tête.

Je m'enivre de son odeur de fleurs sauvages autant que je peux. Bones me pince la joue et finit par s'éloigner après m'avoir gratifié d'une tape sur l'épaule. À ce moment-là, je me retourne et prends ma Shay dans les bras. Elle se met à cheval sur mes cuisses tout en faisant attention à ne pas venir coller sa poitrine contre la mienne.

– Non, plus près, j'ai besoin de toi.

Je la serre davantage et la plaque doucement contre moi pour pouvoir fourrer mon nez dans le creux de son cou, là où son parfum est le plus intense. Après plusieurs respirations, enfin, il ne reste plus que son odeur et celui de ma chair brûlée.

– Bébé, tu es fou, murmure-t-elle en passant ses doigts dans mes longs cheveux avant de les repousser dans mon dos.

– Fou d'amour, je lui réponds en prenant son visage dans mes deux mains.

Ses yeux bleus étincellent. Plus elle me caresse la joue, plus ils semblent briller quand elle ajoute :

– Je suis folle d'amour pour toi aussi.

Je lui souris avec fierté et l'embrasse tendrement.

Je l'embrasse comme si le soleil n'allait plus jamais se lever, comme si la lune n'allait plus jamais disparaître, comme si la vie entière n'allait jamais finir, maintenant que nous savons qu'elle vient juste de commencer.

Cette fois, quand j'embrasse ma chérie devant sa famille et tous mes frères, le club entier applaudit à tout rompre.

Chapitre 11

Shay

Voilà déjà six semaines que Rex s'est fait tabasser par le club. Pendant un bon mois, j'ai regardé de travers tous les membres du club qui ont osé donner ne serait-ce qu'un coup de poing à mon homme, maudite soit cette histoire d'honneur. Rex, quant à lui, se pavane partout où il peut. Fier comme Artaban, son bras musclé posé sur mon épaule, il m'emmène à toutes les réunions du club. D'habitude, j'aime bien ça, je n'ai pratiquement pas manqué une de ces réunions depuis que je suis née. Là n'est pas la question ; le problème, c'est que je ne décolère pas contre les hommes qui ont fait du mal à mon chéri. Pour couronner le tout, cette Lacey a déplacé son intérêt de Rex sur mon frère, ce qui me déplaît profondément. Je la hais. Je hais tout dans cette histoire, y compris le fait que je ne peux rien y faire. Comme Mags le lui a demandé, elle a laissé Rex tranquille pour maintenant s'occuper de sa nouvelle proie, mon cinglé de frère jumeau.

Hormis cette mollassonne de Lacey, il y a une autre histoire qui me tracasse. Un truc tellement énorme qui je n'y vois que deux issues possibles : une super-géniale et une autre où on court à la catastrophe

On ne peut pas dire que nous n'avons pas allumé tous les feux possibles depuis près de sept semaines ; je n'y peux rien, quand il s'agit de Taggart T-Rex Crawford, j'en perds mon latin. Chaque fois que les abdos de ce mec se mettent à bouger, je ne peux plus me contrôler. Et du côté de Rex, ce n'est pas mieux. Si j'ai le malheur de laisser dépasser un centimètre de peau quelque part, il se précipite sur moi.

Avec ce genre d'entente sexuelle, c'était écrit. Je comprends maintenant pourquoi je suis d'humeur changeante, pourquoi j'ai tellement envie de ce qui est plein de protéines. Incroyable, depuis quelque temps, je n'arrive pas à manger assez de viande. J'en suis arrivée à prendre presque quatre kilos. Trop pour garder l'intérêt que mon homme semble porter à mes rondeurs. Jusqu'à présent, il n'a pas l'air de l'avoir remarqué. Après avoir passé un mois ensemble pendant lequel mon homme a complètement guéri, je ne me sentais pas dans mon assiette si je ne dormais pas au moins dix heures par nuit. Là, je me suis rendu compte que mon ventre prenait de l'ampleur.

Heureusement, la bière, le vin et les cocktails me donnent des haut-le-cœur. Aujourd'hui, je sais pourquoi.

Dieu tout-puissant, comment arrive-t-on à annoncer qu'on est enceinte à l'homme qu'on aime et qu'on ne connaît que depuis sept semaines ?

Je passe le doigt sur la photo de la toute première échographie que le docteur m'a donnée… Quand je pense que je suis allée le voir pour mon check-up annuel avec l'idée de lui demander la pilule !

Ouais… un peu trop tard. Je dirais même sept semaines trop tard. Rex a dû me mettre enceinte dès notre premier rapport sexuel.

La bonne nouvelle, c'est que j'ai déjà pu voir les cœurs et entendre leurs premiers battements.

Ouais… au pluriel.

« Des » battements de cœur.

Parce qu'il y a deux bébés.

C'est bien ma veine.

Quand on est jumelle, on en porte le gène. Souvent ça saute une génération, mais dans mon cas, non. Je dois être l'exception.

La porte de la salle de bains s'ouvre, mon homme entre dans notre chambre, vêtu d'une simple serviette. Un signal.

J'en ai l'eau à la bouche en voyant quelques gouttelettes rouler sur son torse et disparaître derrière la serviette vert pâle nouée sur ses hanches. La ligne qui creuse ses muscles juste au-dessus tombe vers sa queue en dessinant parfaitement son ventre. Il faut dire que mon mec soulève de la fonte depuis qu'il est arrivé. D'après ce que je sais, ils ont organisé une compète de bodybuilding avec des clubs frères pour soutenir un concert de charité auquel ils veulent apporter leur contribution.

Je me lèche les babines en contemplant son corps, en faisant plus attention à l'endroit de la cicatrice de chair rosée, là où mon nom a été gravé au fer rouge à même la peau. De ma vie, jamais je n'aurais pensé pouvoir être un jour excitée par quelque chose d'aussi archaïque et barbare, mais je dois avouer que, chaque fois que je vois mon nom gravé au-dessus de son cœur, j'ai l'estomac qui se noue et je ne peux m'empêcher de mouiller ma culotte.

– Pussycat, tu me regardes comme si nous allions être en retard au barbecue du club.

Je me relève en mettant à l'endroit la photo de l'échographie sur la table de nuit. Vite, je retire mon petit haut côtelé avec une rose brillante qui déchire plaquée sur le devant et je le jette par terre. En le voyant attraper sa serviette qu'il ne laisse pas complètement tomber, je ne peux m'empêcher de lui faire un grand sourire avant d'esquisser une petite moue amusée en attendant de découvrir quel lot se cache derrière.

– Continue, je veux voir tout ce que tu as à m'offrir.

Je lui lance un petit sourire entendu pendant que je déboutonne mon jean, le fais glisser sur mes hanches et, finalement, le laisse tomber par terre… Je m'en débarrasse d'un coup de pied. Debout devant lui, je me retrouve donc avec juste mon petit soutien-gorge de dentelle noire et son string coordonné.

– Putain… femme, chaque fois que je te vois nue, c'est comme si c'était la première fois. Tout recommence. Si belle, mon Dieu, tu es si belle !

Il laisse tomber la serviette, je vois qu'il bande déjà comme un taureau. Sa lourde queue se dresse bien droite, vers son nombril. J'aime à penser que je vois là une invite à la suite.

– Viens ici, femme, dit-il en pointant du doigt le sol devant lui.

Je me cale bien contre lui, l'enlace autour des hanches et plonge mon regard dans ses beaux yeux noisette.

– Avant que je te baise, pourquoi tu ne me raconterais pas comment s'est passé ton rendez-vous d'hier ? Tu m'as sauté dessus tellement vite quand tu es rentrée que tu ne m'as donné aucun détail, mais je trouve ton comportement un peu bizarre depuis hier soir. Allez, crache ta Valda.

Je me mords les lèvres et laisse traîner mon regard dans le vide en essayant de réunir mes esprits et de me concentrer sur la bombe que je vais lâcher.

– Tu ne préfères pas plutôt faire du sexe ? je demande en essayant de changer de sujet.

Une interrogation traverse son regard alors qu'il m'enlace. Après des mouvements un peu désordonnés, il arrive à me faire reculer jusqu'au lit et m'installe tranquillement sur le matelas moelleux ; ensuite, il me prend par le dos et me fait glisser jusqu'à ce que ma tête repose bien sur les oreillers. Après m'avoir déposée là où il avait décidé de m'installer, il se met à califourchon au-dessus de moi. Puis il se relève légèrement et attrape sa queue bien tendue avant de la branler deux ou trois fois. Waouh, super-sexy !

Sans attendre, je commence à pousser des petits gémissements en fixant son membre tout dur, un irrépressible désir de son corps m'envahit.

– Tu as envie de ça ? il demande d'une voix sourde et rauque.

– Oh… oui ! Taggart, s'il te plaît ! je supplie. (Il adore quand je le supplie.)

– Si tu veux que je te le donne, tu vas me dire ce que tu me caches, il ajoute en frottant plusieurs fois son gland contre mon sexe encore recouvert par ma culotte.

Je me laisse aller un moment au plaisir délicieux qu'il me procure avant de bien comprendre ce qu'il vient de me demander.

– Que veux-tu dire, bébé ?

Tout à coup, il arrête de frotter son gland… Je fronce alors les sourcils et je tends les bras pour le toucher, mais il m'attrape les mains et les plaque sur le lit de chaque côté de ma tête. Me voilà forcée à l'immobilité, lui bien calé au-dessus de moi avec son superbe visage totalement impassible.

– Pussycat, je ne suis pas totalement idiot. Je sais tout de suite quand quelque chose tracasse ma femme. Au début, je pensais que tu avais peut-être tes règles, mais je ne peux m'empêcher de m'inquiéter en te voyant utiliser le sexe pour essayer de détourner mon attention… Un truc qui a certainement un rapport avec ta visite d'hier chez le docteur.

Il lâche une de mes mains pour poser doucement la sienne sur mon visage. Il laisse glisser son pouce le long de mes cheveux, me caresse la joue et enfin dessine une ligne sur mes lèvres.

– Shay, quel que soit le problème, mon bébé, je suis là pour toi. En bonne santé ou malade, je serai toujours à tes côtés. Nous ne sommes peut-être pas mariés légalement, mais une demande faite en bonne et due forme au club, pour moi, c'est la même chose. Peu importe ce qui te prend la tête, tu dois m'en parler. Laisse-moi soulager tes soucis, je suis capable de porter n'importe quel fardeau. Je suis sûr que nous allons trouver une solution ensemble.

Il vient poser ses lèvres sur les miennes, il m'embrasse intensément. Nos langues se mêlent et, dans l'excitation d'avoir mon Rex tout nu fraîchement douché au-dessus de moi, j'enroule mes jambes autour de ses hanches et le serre fort contre moi.

Il s'allonge sur ma poitrine, puis nous fait rouler jusqu'à ce qu'à mon tour je me retrouve assise sur lui avec sa queue bien tendue entre mes cuisses. Là où j'en ai le plus envie. À ce moment-là, je commence à me frotter d'avant en arrière sur son membre tout dur.

Rex m'attrape par les fesses. Mon corps entier tressaille sous l'effet du plaisir que provoque son geste.

– Dis-le-moi maintenant, dis-le vite. Peu importe de quoi il s'agit, on va régler ça, je te le promets. Si tu as un problème de santé, bébé, je suis là.

– Je ne suis pas malade, Taggart.

Je pose ma main sur sa poitrine, sur l'endroit de mon nom. À son tour, il vient poser son énorme main sur la mienne. Je sens son cœur qui bat à cent à l'heure.

– Mais alors… qu'est-ce qui se passe, Pussycat. Je t'en supplie, dis-le-moi !

Je me relève légèrement pour attraper le cliché que j'ai posé sur la table de nuit. Je le montre à Rex. D'une voix timide, dans un souffle, je me lance :

– Je suis enceinte.

Rex s'immobilise. Il me prend le papier des mains et le regarde sans rien dire. Il fronce les sourcils puis, doucement, son visage devient songeur :

– Tu vas avoir un bébé ?

Ravalant l'émotion qui m'étreignait, je me sens libérée, comme une vague géante qui serait venue s'écraser sur la plage. Pourtant, j'ai toujours l'estomac en boule. L'excitation, la peur, l'inquiétude, l'appréhension, l'euphorie aussi, tout se mélange sans que je puisse rien contrôler alors qu'il regarde toujours l'échographie un peu floue.

– Ouais, je dis en ouvrant à peine la bouche.

Pendant un long moment, il regarde scrupuleusement la photo sans dire un mot. Il me demande enfin :

– Pussycat, pourquoi ces deux taches blanches dans ces deux autres taches plus sombres dans cette espèce de cercle ? demande-t-il en me montrant le cliché.

Je reprends mon souffle et pose le doigt sur le papier :

– Ce cercle-là, tout autour, c'est mon utérus. Ce cercle plus sombre, c'est la poche de liquide amniotique… et la petite tache blanche toute floue, c'est le bébé.

Il hoche de la tête et tapote sur le cercle d'un air totalement absent :

– Mon enfant… « notre » enfant…

J'ai bien envie de fermer les yeux pour profiter de l'instant, mais je ne veux pas louper le moment où il va réaliser ce qu'il voit.

Soudain, Rex me prend par la taille, bouge son corps musclé plus loin et m'installe sur ses genoux pendant qu'il vient s'appuyer contre la tête de lit.

– Mais alors, c'est quoi cet autre cercle avec cette même petite tache blanche ?

– C'est notre autre bébé, je bredouille lamentablement.

Il acquiesce comme si tout ça était parfaitement normal, comme si nous parlions des news à la télé ou de ce que nous allons faire plus tard dans la journée. Rien sur le fait que je me retrouve enceinte sept semaines seulement après notre rencontre, rien sur les jumeaux.

Quelques instants plus tard, à nouveau, je le vois qui s'immobilise. Il me serre un peu plus fort contre lui. Je sens ses doigts se crisper sur mes hanches

– Notre autre bébé ? Tu es en train de me dire que nous allons avoir des jumeaux ?

– Mon chéri, je suis jumelle moi-même. Tu sais, ce sont des choses qui arrivent, je réponds d'un air gêné.

Le regard de Rex passe de l'image à mon ventre. Une fois, deux fois, puis il repose la photo sur la table de nuit et vient doucement mettre ses deux mains au niveau de mon nombril en disant :

– Mes deux bébés sont là ?

Il passe lentement ses pouces sur les côtés de mon ventre toujours bien plat quoique je le sente plus ferme que d'habitude.

– Taggart… je murmure en posant ma main sur la sienne, les yeux remplis de larmes.

Il lève ses yeux vers moi. Son visage devient tout doux.

– C… C… C'est ok ? je bredouille, ne sachant trop quoi dire vu que je n'ai jamais été enceinte auparavant.

Pas même la moindre inquiétude de l'avoir été depuis les vingt-cinq ans que je suis sur terre.

Rex me lance un clin d'œil avant de me prendre dans ses bras et de blottir ma tête au creux de son cou :

– Shay, tu vas donner naissance à mes bébés, c'est plus que ok. Rien de plus beau au monde. Avec toi, là, dans mes bras, il n'y a rien que je désirais davantage. Putain de merde ! Je t'aime comme un fou.

Il m'embrasse sur le sommet du crâne et je laisse couler mes larmes tout en caressant mon nom gravé sur sa poitrine, comme je l'ai fait si souvent.

– C'est vraiment à toi et moi de faire face. Dans tous les cas, je confirme.

– Dans tous les cas, il répète en me pressant plus près de lui. Surtout maintenant que nous avons deux parfaits petits êtres vivants à ajouter à notre famille. Ce qui veut dire, Pussycat, ajoute-t-il en serrant les dents, qu'il va falloir qu'on se marie. Et tout de suite !

Étonnée, j'essuie mes larmes et relève la tête :

– Mais… tu viens de dire que le fait de m'avoir officiellement demandée équivalait à un mariage.

Il caresse ma joue d'une main et mon ventre de l'autre :

– Peut-être, mais maintenant que tu vas donner naissance à mes bébés, vous aurez tous les trois besoin de vous appeler Crawford. Pas de discussion possible.

– Sans blague, je rêve !… Serais-tu en train de me demander d'épouser Taggart Crawford sans me faire une vraie demande en mariage comme un gentleman ?

– Ouais bébé, il répond en éclatant de rire. Tu vis avec un biker et tu es ma princesse biker enceinte ! Tu t'attendais à quoi d'autre ?

Je tapote mes lèvres en pensant aux mille et une autres meilleures manières de s'y prendre. Je finis par trouver :

– Hum… par exemple, tu aurais pu m'inviter à dîner dans un restaurant, ce qui m'aurait permis de mettre une de ces petites tenues sexy qui te rendent dingue la nuit venue. Tu aurais pu te mettre à genoux, me couvrir de roses, m'offrir des chocolats.

Je lève les bras et les fais retomber dans un geste exagéré. La mine chafouine, je m'écrie :

– Enfin… tu vois ce que je veux dire, de la romance, bordel !!!

Avant d'avoir pu m'en rendre compte, je me retrouve allongée sur le dos. Mon soutien-gorge et ma culotte ne sont plus que de l'histoire ancienne et mes jambes sont grandes ouvertes.

– Et si je te laissais choisir la bague de tes rêves ? On ne parle pas d'argent, j'en ai plein les fouilles. J'installe ton cul à l'arrière de ma bike et on fout le camp à Vegas. On se paie la chambre au dernier étage, la roulette, les fontaines, les buffets de steaks et homards… le grand jeu ! Tu t'offres la plus sexy des robes de mariée et j'ai le droit à l'effeuillage première classe pour la nuit de noces. Tu invites tous ceux du club qui veulent venir, et en attendant, pour fêter nos bébés, je vais commencer tout de suite par t'offrir un bon paquet d'orgasmes. Que dis-tu de ce programme pour pallier mon manque de romance ?

Pendant qu'il parle, il en profite pour m'ouvrir un peu plus à l'aide de son pouce. Ce qui a pour résultat immédiat d'arrêter ma respiration dans l'attente du premier contact de sa langue talentueuse. Il commence par la poser à plat avant de généreusement se délecter.

Mon corps entier se met à frémir ; commencée entre mes cuisses, la sensation monte progressivement dans mon ventre, puis vient envahir ma poitrine avant de se répandre jusqu'au bout de mes doigts.

– Ah… Ah… mon bébé, je murmure.

La sensation est tout simplement incroyable.

Il lèche avec plus d'insistance et se met à agiter le bout de sa langue autour de mon clito en feu qui réclame désespérément toute son attention.

– Que dis-tu de ça ?

Je sais qu'il attend une réponse.

– C'est juste divin !

Je passe mes doigts dans ses cheveux encore humides, attire sa tête tout contre moi et l'invite à poursuivre en me cambrant un peu plus.

– Baise-moi à fond. Pense aux deux bébés, pense à la double célébration, au double plaisir à donner. Et… je te préviens tout de suite, je veux une énorme putain de bague.

Il pousse un grognement terrible et revient planter son visage entre mes cuisses. Cette fois, je ne pense plus ni aux bébés, ni aux bagues, ni au mariage à Vegas.

Évidemment, nous n'avons jamais réussi à nous rendre au barbecue du club. On a eu assez à faire avec notre propre *fête* au lit. Assez à faire avec notre mariage à planifier. Assez à faire à parler de nos futurs enfants.

ÉPILOGUE

Shay

Cinq semaines plus tard…

– Non, Rex, s'il te plaît ! je hurlai en agrippant les cheveux de mon mari alors qu'il m'empalait contre la porte de notre suite pour jeunes mariés.

– Putain de merde ! Ma femme fait bien la difficile ! répondit-il en grognant, sans cesser de m'asséner ses coups de queue.

Il cognait sans ménagement, on aurait dit qu'il essayait de me marquer avec son sexe comme on avait marqué mon nom sur sa poitrine.

Ma jupe blanche moulante de mariée, en cuir et satin, était relevée sur mes hanches. Je portais aussi un putain de bustier super-sexy et une paire de petits boots cloutés à se damner, toujours en cuir blanc pour aller avec la jupe qui me collait à la peau. Je m'en souviens, j'avais planté mes talons dans le cul de mon mec pour avoir la joie d'en admirer la marque plus tard.

Ce soir-là, c'était notre nuit de noces. Techniquement, nous venions juste de nous marier, en conséquence, nous en étions à la consommation dudit mariage ; moi, j'étais déjà toute haletante à me tortiller dans tous les sens en criant le nom de Rex ; lui, il me prenait pour la première fois en tant que mari.

Pour la cérémonie, mon mec portait un costume noir de jais, une chemise habillée noire, une cravate noire. À peine avions-nous prononcé nos vœux qu'il a tombé la veste et papa lui a tendu son gilet. Ensuite, on a cédé à la séance photos d'usage. Nous avons aussi reçu les félicitations et autres poignées de mains chaleureuses de nos parents et d'un bon nombre des membres du club qui avaient fait le voyage depuis l'Oregon. La proche famille de Rex était également présente ; ils se sont comportés comme si de rien n'était. Riot, sachant de quoi il retournait, avait confié à Rex qu'il avait eu une petite conversation avec son père autour de plusieurs verres. On avait laissé les aspirants à la maison pour surveiller le club et quelques vieux membres, eux, s'occupaient des affaires en cours que nous n'avions pas réussi à conclure avant le départ. Quant à moi, j'avais laissé un mot collé à la porte de la boutique : « Fermé pour cause de mariage. Réouverture dans deux semaines ». Quel est l'intérêt d'avoir une vie de *biker babe* si on ne fait pas exactement ce qu'on veut ?

Après nous être dit « oui », Rex a juste lancé un « putain de merde ! » en réponse aux cris, hurlements et autres vivats des frères. Une fois la cérémonie et les félicitations terminées, mon homme s'est penché vers moi, a mis ses épaules au niveau de mes hanches, il m'a soulevée en l'air et m'a jetée comme un paquet sur son dos. Il m'a alors claqué si fort le cul que j'ai pensé qu'à mon tour, j'allais garder la marque « Rex » imprimée sur ma peau.

– Pussycat, voici venu le temps de conclure notre petite affaire, a-t-il dit.

Phrase qu'il a prononcée surtout pour calmer l'impatience et l'air exaspéré de mon père et de mon frère. Ma mère sifflait tout ce qu'elle savait en agitant ses bras dans l'air comme une *cheerleader*, quant aux frères, ils tapaient de grands coups sur les épaules de Rex en criant « va te la faire, man ! » pendant que nous traversions la grande salle du casino pour rejoindre les ascenseurs. J'étais toujours sur son dos quand nous sommes arrivés à notre suite.

Il ne m'a pas reposée par terre avant de s'être assuré que nous étions bien derrière la porte fermée. C'est à ce moment-là qu'il a relevé ma jupe, arraché mon string de mariée, déboutonné son pantalon, sorti sa queue bien raide et m'a soulevée avant de m'empaler sur son gros membre. Il n'a rien dit avant que nous soyons bien en phase, puis il a juste grogné trois mots tout simples à mon oreille :

– J'aime. Ma. Femme.

Après, il a glissé sa main entre mes fesses pour faire levier. Du coup, ses doigts sont venus traîner à l'endroit précis où il me baisait. Il a fourré son autre main entre nous afin d'atteindre mon clito qu'il a ensuite massé avec ses gros doigts. Tout de suite, je me suis mise à hurler ; vite, il a dégagé une de ses mains et l'a posée sur ma bouche pour étouffer mes cris. Puis il m'a embrassée fougueusement, jouant avec sa langue bien au fond de ma bouche, il me léchait, il me suçait... j'étais en feu de la tête aux pieds.

C'est à ce moment-là que j'ai enfoncé mes talons encore plus loin dans sa chair, là qu'il s'est mis à grogner si fort que la vibration de sa voix m'a parcouru le corps comme une décharge électrique.

Rex a profité de ce moment pour passer aux choses vraiment sérieuses en me pilonnant, le corps écrasé contre la porte en bois.

Après qu'il m'eut soufflé un « ça va ? », il s'est mis à me lécher le cou avant de me mordre pour me marquer la peau une nouvelle fois. Le putain de sauvage !

– Ohhhh… oui, j'ai crié en penchant la tête pour lui faire plus de place.

– Et les bébés, ça va ? il m'a demandé en continuant ses pénétrations.

Il balançait mes hanches, en profitait pour me frotter le clito.

– Oui ! Oui ! Oui ! je hurlai, comme un cri de guerre…

C'est tout ce dont je me souviens : la queue de mon mari, les petits balancements de hanches, les mots à propos de nos enfants à naître, et puis… plus rien. Mon corps s'est tout simplement enflammé de plaisir alors que nous consommions notre mariage contre la porte de notre suite.

Tandis que je m'envolais vers le paradis sur la queue de mon mari, lui s'est mis à mordre dans la chair généreuse de mes seins qui s'étaient échappés de mon bustier pendant qu'il m'envoyait en l'air. Il me gardait serrée contre lui, je l'entendais qui grognait en enfonçant sa tête au milieu quand, soudain, sa semence toute chaude est venue m'envahir à l'intérieur. Il remuait dans tous les sens et m'assénait des coups secs en se libérant. Sa chaleur a remonté comme un tremblement de terre le long de ma colonne vertébrale, me procurant un autre orgasme, plus court mais non moins intense.

Après avoir retrouvé une respiration normale, il m'a prise dans ses bras, m'a bercée doucement et m'a déposée sur le lit.

– Bébé, tu ne penses pas qu'on devrait descendre pour faire la fête avec les autres ? j'ai demandé au moment où mon dos est venu s'enfoncer dans le nuage de l'édredon.

– Ouais, c'est ça, après t'avoir nettoyée et t'avoir bien bouffée. Je veux avoir le goût de ma femme dans la bouche quand je vais boire mon bourbon, ce sera comme si je te suçais encore pendant la fête… ça va me rappeler que tu es à moi toujours et partout.

Je me souviens de toute la malice qui éclairait son visage quand il m'a dit ça. Moi, je n'ai pas pu m'empêcher de rire. Ensuite, j'ai posé mes mains sur ses joues en appréciant la râpeux de sa barbe contre ma peau :

– Je suis folle d'amour pour toi, mon beau mari, j'ai dit doucement.

Il s'est retourné et m'a embrassé l'intérieur des mains avant de sortir de sa poche ma culotte toute froissée. Puis il a essuyé le chantier qu'il avait laissé entre mes cuisses et, une nouvelle fois, il m'a écarté les jambes.

– Je suis fou d'amour pour toi, Shay Crawford. Pour toi et nos bébés, il a dit à son tour.

À ce moment précis, il a posé sa main sur mon ventre qui commençait tout juste à montrer une légère rondeur. Encore petite, vu que je n'étais enceinte que de onze semaines, mais avec les deux que j'avais là, elle était déjà bien visible. Dieu merci, Rex en était fou.

– Viens ici, j'ai dit en attrapant ses longs cheveux. Embrasse-moi, moi aussi je veux sentir le goût de toi dans ma bouche.

Pendant toute l'heure qui a suivi, nous avons fait l'amour, exprimant notre immense joie à travers nos caresses et le goût de nos corps. Une fois nos ébats terminés, il m'a lui-même remis mes vêtements de mariée. Il avait tellement envie de me voir dans cette tenue pour le reste de la soirée que nous avons passée parmi les gens que nous aimons.

Comme chacun s'en doute, quand on parle de bikers et de leurs chéries, la fête a duré toute la nuit.

* * *

Rex

Sept mois plus tard…

J'ai beau être hypnotisé par le bourdonnement de l'aiguille à tatouer, rien à faire, au lieu de me concentrer sur le dessin qu'on me tatoue sur la peau, je ne peux quitter des yeux l'homme recroquevillé sur le bas du corps dénudé de ma femme.

Les dents serrées, je continue à l'observer ; il n'arrête pas de glisser la main sur le côté de la cuisse et du cul de Shay.

Les poings en boule, je ne peux m'empêcher de grogner quelques avertissements, furieux comme un animal. Un animal qui ne supporterait pas de voir les mains d'un autre homme posées sur sa putain de femme.

– Mais enfin, mon frère, calme-toi ! Pour commencer, ce n'est qu'un enfant, il n'a même pas vingt ans ; tout juste s'il a le droit de boire de l'alcool ou de conduire une voiture. Ensuite, il n'a jamais manqué de respect à aucune des chéries. Il tient à rester au club, il n'a surtout pas envie de se faire foutre dehors avant de mériter son insigne d'aspirant, me dit tout bas Ink, mon frère du Hero's Pride.

Je continue d'observer le tout jeune homme absorbé à dessiner le motif sur lequel nous sommes tombés d'accord, Shay et moi. La tête de lion de The Pride, complète, avec le nom autour et la gueule rugissante. Au-dessus, en caractères super-sexy, bien lisible : « propriété de » ; en dessous, mon nom de route : « Rex ». J'adore voir mon nom écrit sur son corps magnifique. La seule pensée que je vais pouvoir le toucher plus tard fait gonfler mon jean.

– Bébé, arrête de regarder ce pauvre type comme si tu étais prêt à lui trancher la gorge ! Tu vas lui foutre une trouille bleue et il va finir par rater mon tatouage ! me houspille Shay.

Je regarde attentivement ma femme, elle est là, sans pantalon, étendue sur le ventre, avec son joli petit cul exposé au vu et su de tout le monde. Bon, d'accord, on lui a mis une protection sur une fesse et j'ai fait déplacer un paravent pour que les gens qui entrent ne puissent pas voir ce qui se passe dans la cabine du gamin, mais tout de même… Je lui ai aussi demandé de déplacer sa table pour pouvoir observer chacun de ses gestes pendant que je me fais moi-même graver un tatouage que je vais garder pour le restant de mes jours.

Voilà déjà trois mois qu'elle a donné naissance à nos enfants et son corps est toujours aussi excitant. Elle a pris beaucoup de poids pendant qu'elle attendait notre fils et notre fille, mais elle a fondu depuis que mes enfants sont collés à ses seins vingt-quatre heures sur vingt-quatre et sept jours sur sept. Ils ne me laissent absolument rien à sucer, ces petits connards de gourmands. Mais qu'importe, Shay tient beaucoup à donner le meilleur à nos enfants et son lait maternel est excellent. J'en sais quelque chose, moi qui ai goûté à ce doux nectar pour savoir pourquoi on en faisait tout un plat. Mes enfants sont déjà de sacrés petits futés, ils ont compris que cette connerie est pure ambroisie. Ce n'est pas que ma femme m'en ait laissé beaucoup goûter, mais patience, bientôt cette délicieuse poitrine sera à nouveau tout à moi.

Heureusement, Shay ne m'a pas fait attendre les six semaines de rigueur pour me permettre l'accès à son cul. Putain, attendre un mois comme nous avons fait, c'est déjà une épreuve, moi qui avais l'habitude de baiser ma femme soir et matin depuis qu'on s'est rencontrés il y a un an, et cela même pendant toute sa grossesse. Ce qui me rappelle qu'elle va avoir besoin de faire un peu d'exercice quand nous allons rentrer à la maison. Ensuite, je la laisserai s'occuper des enfants qui s'endormiront tout de suite après. D'habitude, son lait les envoie direct au pays des rêves.

– Voilà, c'est presque fini, annonce le tout jeune homme en essuyant une fois de plus son cul.

Je grogne encore.

– Je te jure, Kidd, que tu as du pot d'être le meilleur pour tatouer cette foutue tête de lion ou je t'aurais déjà tué sur place, je lui rappelle, très énervé.

Le gamin[4], judicieusement nommé Kidd, lève la main, l'aiguille à tatouage toujours bourdonnante, et ajoute :

– Ink, tu devrais peut-être la terminer.

---

4 Gamin : *kid* en anglais.

Ink se contente de hausser les épaules et se met à enfoncer plus profondément sa propre aiguille à tatouage dans ma chair dans l'espoir de détourner mon attention.

– Putain, Shay, ton mari n'est pas un rigolo, marmonne Kidd entre ses dents.

En retour, je lui jette un regard noir qui en dit long et change de direction quand Shay se met à glousser :

– En fait, c'est un vrai chaton.

Elle me retourne le petit nom affectueux que je lui donne souvent et me souffle un baiser.

Je me contente de hocher la tête en attendant que Ink termine mon tatouage. Shay en a fini avant moi. Je les observe comme un faucon, prêt à fondre sur Kidd. À la vitesse de l'éclair, il la recouvre d'une protection après l'avoir nettoyée et enduite de vaseline.

Shay étant Shay, elle ne peut s'empêcher de vite enlever la protection et se met à sautiller de joie, toujours à moitié nue. Son cul bronzé, bien mis en évidence dans la glace, elle admire son tatouage :

– J'a-dore ! s'exclame-t-elle en enlaçant Kidd avant de le serrer fort contre elle.

Cette fois, c'en est trop. Je bouscule Ink et me précipite vers eux. J'attrape le jeune par les épaules et le retourne d'un coup sec pour l'obliger à me regarder droit dans les yeux avant de lui dire, la bouche à peine ouverte :

– Bas. Les. Pattes. Compris ?

Totalement terrifié, il recule si vite qu'il se cogne dans le comptoir placé derrière lui.

– Mon Dieu, Rex, calme-toi, il n'a rien fait ! s'exclame Ink en s'interposant entre nous.

– Vraiment ? Il vient juste d'enrouler ses bras autour de ma femme à moitié nue, je réponds sur un ton féroce.

Ils sont tous pétrifiés.

La tête légèrement penchée de côté, Ink réfléchit. Il évalue toute la mesure de ma colère, se retourne alors vers Kidd et hausse les épaules avant d'ajouter :

– Il n'a pas tout à fait tort, mon petit, tu dois apprendre que les bikers deviennent très chatouilleux quand il s'agit de leurs chéries. Elles sont tout simplement intouchables. Mets-toi bien ça dans la tête si le cas se représente dans le futur.

Kidd baisse les yeux et répond timidement :

– Je suis désolé, Monsieur.

Il ravale péniblement sa salive. Là, je me rends compte que non seulement il est totalement paniqué mais qu'en plus il est prêt à prendre n'importe quelle torgnole que je pourrais lui asséner.

Je m'approche de lui. Tout de suite, Shay me retient par la main :

– Bébé, viens par ici…

– Juste un instant, chaton. Fais-moi confiance, je réponds en la regardant dans les yeux.

– Je veux te remercier d'avoir pris soin de ma femme, je dis doucement à Kidd en lui mettant une main sur l'épaule. Si ma fierté d'homme ne m'empêchait pas de m'excuser de t'avoir fait peur, je le ferais sur-le-champ. Mon unique préoccupation aujourd'hui n'est autre que Shay et les enfants. Le jour où tu prendras une chérie à ton tour, tu verras : elle deviendra ton monde, ton tout. Tu comprends ce que je veux te dire ?

L'homme enfant relève la tête, me regarde bien en face et ajoute :

– Quelqu'un d'autre pourrait-il faire ses tatouages à l'avenir ?

Je lui fais un sourire entendu et lui réponds en hochant la tête :

– Mais non, man. Tu as fait un beau travail sur ma femme et je sais qu'elle veut d'autres tatouages. Tu vas devoir encore bosser pour moi et me supporter pour un moment.

Cette fois, il prend une grande bouffée d'air et se redresse :

– Je ferai tout ce dont tu as besoin, Rex.

– Contente-toi de t'occuper de tes tatouages, et tout ira bien, je lui réponds en lui donnant une claque amicale dans le dos.

– Deal. Même pas un petit coup d'œil à gauche, c'est promis.

Je le sais sincère. N'empêche… il a tout de même pris dans ses bras ma femme à moitié nue.

– La prochaine fois, pas d'embrassade avant qu'elle ait remis tous ses vêtements, tu me suis ?

– Oui, Monsieur.

– Cette fois, nous sommes d'accord, je conclus en relevant le menton. Bon, montre-moi le travail, Pussycat.

Je me dirige vers ma femme qui est toujours en train d'admirer son tatouage, le cul à l'air devant la glace. En admirant le dessin, je ne peux m'empêcher de laisser traîner mes doigts sur le mot « propriété » et puis sur mon nom, juste en dessous. Dans un léger mouvement de recul, elle pousse un petit cri avant de dire :

– C'est parfait… J'adore… Merci…

Je lui attrape les cheveux juste sur la nuque et l'embrasse à en perdre l'haleine. Totalement étourdie après mon baiser, éblouissante, Shay ajoute :

– Tu aimes ?

– Ouais, mon bébé, j'aime beaucoup.

Je l'embrasse à nouveau, plus doucement cette fois, mais aussi beaucoup plus longtemps, avant de lui donner une tape sur l'autre fesse et d'ajouter :

– Maintenant, remets tes putains de vêtements, bordel !

Elle rigole et attrape son pantalon de yoga. Kidd s'approche alors d'elle avec un pansement à la main qu'il lui tend :

– Je suis sûr que tu peux te débrouiller toute seule, il marmonne avant de disparaître pour s'occuper d'un autre client.

Je retourne près de Ink et me rassois dans le fauteuil en posant mes Kickers de merde sur le repose-pieds :

– Allez, finissons-en !

Ink hausse les épaules et termine de tatouer les prénoms de mes bébés.

– Mon Dieu… murmure Shay en se rapprochant, cette fois enfin tout habillée.

Ses yeux se remplissent de larmes qui bientôt coulent sur ses joues.

– Mes bébés…

Elle est émue en voyant les deux empreintes de leurs pas que nous avons calquées sur leurs actes de naissance et tatouées dans un cœur, juste en dessous de son nom. Les empreintes de gauche sont celles de mon garçon, Trace, celui qui est né le premier, et les empreintes de droite, celles de ma petite princesse biker : Swayze. On peut lire chacun de leur prénom sous la trace de leurs pas respectifs. Le monde entier sait désormais que Shay, Trace et Swayze sont mon cœur, mon âme et ma vie.

– Viens par ici, Shay, je lui dis en la prenant par la taille.

Immédiatement, elle se rapproche de moi en glissant sur la grande table noire. Sans dire un mot, elle dépose un baiser léger comme une plume sur chacune des traces de pied et sur son prénom.

– Je t'adore, Taggart Crawford, elle murmure tout près de mes lèvres avant d'y déposer un doux baiser.

– Je t'adore aussi, chaton. Dis-moi, comment se sent ma *biker babe* après son premier tatouage ?

Elle se mord les lèvres et se tortille contre moi en se mettant sur mes genoux :

– Hum… plutôt bien.

Je sens dans la chaleur de ses cuisses une excitation qui irradie partout dans mon corps. Ouh là là… Il était temps de le faire, ce tatouage.

– Tu as bientôt fini, Ink ? Je commence à être passablement excité. J'ai un truc qui commence à me gêner sur les genoux et j'ai l'impression qu'il faut que je m'en occupe.

Ink éclate de rire et pose une gaze sur le tatouage pour le protéger.

– Protocole habituel avant cicatrisation, tu connais la musique.

– Ouais.

Je fais un quart de tour sur le côté et prends ma chérie dans mes bras avant de la laisser glisser par terre quand je me relève.

Je l'attrape alors par les hanches et la colle contre moi en lui faisant bien sentir ce que son excitation a provoqué dans mon jean. Après avoir payé les tatouages et récupéré mes affaires, nous sortons tous les deux en direction de ma bike. Je l'enfourche et tends son casque à Shay avant qu'elle s'installe à son tour derrière moi. Au moment où elle serre fort ses cuisses contre les miennes, je comprends qu'on ne rentre pas à la maison.

À peine ai-je démarré le monstre qu'elle se penche vers mon oreille et murmure :

– *Biker Babe* est plus proche. En plus, Mags et papa sont chez nous pour garder les jumeaux.

– Dans ce cas, chaton, accroche-toi… on est partis pour une sacrée chevauchée !

FIN

À suivre dans *Biker Beloved*,
le tome deux de la série *Biker Girls*